改訂版

ゴリラの王様(おうさま)

作(さく)：山本福敏(やまもとふくとし)　絵(え)：ひだかきょうこ

～もくじ～

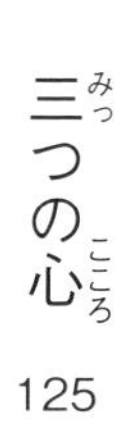

ゴリラの王様（おうさま）

一

この広い宇宙のなかにたったひとつだけ、いろんな種類の生き物がたくさん住んでいる星がありました。宝石のように青く美しく光りかがやく、その星の名は水の星、またの名を、奇跡の青い星と呼ばれています。水の星のなかには、言葉と、宗教と、肌の色と民族の異なる国がまざりあいながら、おしあいへしあい、重なりあうようにして生きておりました。

それぞれの国と、それぞれの生き物たちは、それぞれにいろんな悩みや、さまざまな問題をいっぱいかかえながら、傷つけあったり、助けあったり、憎しみあったり、慈しみあったりをくり返しながら、これまでも、これからも、戦争と平和を果てしなくくり返しながらも共に生きています。

そんな国のなかのひとつに、ゴリラの王様が支配する独裁国に「森の国」がありました。

ゴリラの王様は異常に権力欲が強く、冷血な独裁者として君臨しています。

ゴリラの王様は、ぜいたく好きで、浪費家で、大変なグルメでした。その王様のぜいたくな暮らしを守るために、長年にわたり森の国の国民から重い税金を取り立てつづけています。ですから、国民のなかには税金がはらえないばかりか、満足に食べることさえできないものであふれていました。

まだ体力のあるものは、監視の目をかいくぐり、国境をこえて隣国に逃れることができましたが、年寄りや子ども、体の弱っているおびただしい数の生き物たちは王様をうらみながら、飢えに苦しみ、つぎつぎと死んでいくのでした。

たった一頭の、強欲で、無慈悲なゴリラの王様のために、相次ぐ弾圧で、抵抗する力さえもうばわれ、森の国の国民は身も心もボロボロにされ、そのうえ生きる権利さえもうばわれているのです。

おべっか使いの口には蜜があり、腹のなかには刃がある。

この言葉はゴリラの王様の口グセですが、その言葉のとおり、側近であれ、家来であれ、たとえ身内であっても、心の底から相手を信じるということはありませんでした。ゴリラの王様は、自分の権力と財産を守るために秘密警察をつくり、その秘密警察には絶対的な権力を与え、国民には密告を義務として奨励し、密告してきたものには、ふだん手にできないほどの大金をほうびとして与え、たとえ親兄弟の家族であってもお互いを監視させあいました。もし家族に罪人が出ると家族も同じ重い罪で罰をうけ、辺境の地の牢獄に入れられ、二度と帰ってくることはありませんでした。

ゴリラの王様は、自分に逆らうものはようしゃなく徹底的に弾圧をするためと、外国を侵略して略奪するため、百万をこえる軍隊と、ゴリラの王様みずからが選りすぐった精鋭で編制された、お気に入りの親衛隊に守られていました。

草原の丘の上には、ゴリラの王様一族の住む豪壮華麗きわまる巨大な宮殿が築かれ、森の国の国民を威圧するかのように、ふんぞり返り、そびえ立っておりました。

宮殿のまわりは、高い城壁と、水を満々とたたえた深くて広い堀で囲まれ、アリ一匹入れない鉄壁の城砦でした。その巨大な城砦には、うそいつわりででっち上げた、しらじらしくも荒唐無稽な、ゴリラの王様一族の、英雄伝説のレリーフが極彩色で刻まれていました。

その宮殿のなかの美術館には、近隣諸国に侵略し略奪してきた銅像や、壁画、絵画、金銀財宝などが、ところせましと、うずたかく積み上げられ、これ見よがしに陳列されていました。

ゴリラの王様の住む壮麗で華麗な宮殿には、黄金と宝石に彩られた豪華な家具や調度品が飾られ、まばゆいばかりに光りかがやいています。

そんな宮殿の中で、ゴリラの王様はぜいたくざんまいな、おごりたかぶった暮らしをしていました。

大変なグルメで知られるゴリラの王様は、国民が飢えに苦しんでいるというのに、森の国はもとより、遠くはなれた砂の国や水の国、火の国や氷の国、山の国や海の国などに召使たちを差し向け、上等な肉や魚、野菜や果物、ぜいたくな山海の珍味などを、金にいとめをつけず買いあさらせているのでした。

ゴリラの王様は買いあさった高価な食材を、一流の料理人に調理させるため、世界中から有名な料理人をさがし出させ、言葉たくみに誘いました。

それでも料理人と交渉がうまくいかないと、家族のある料理人たちを有無をいわせず、むりやり暴力をもって、誘かい、監禁し、森の国に連れてきたのでした。

宮殿に集められた世界中のめずらしい高価な食材は、異国から誘かい監禁され、無理やり連れてこられたかわいそうな料理人たちによって調理され、ゴリラの王様の大きな胃ぶくろのなかに放りこまれるのでした。

ゴリラの王様は体を動かすのが大きらいです。

運動をするのも大きらいです。

ごちそうの食べすぎのせいなのでしょうか、それとも、運動不足のせいなのでしょうか。ぶくぶくと醜く太って、しまりのない大きな体からは、脂肪のかたまりが水枕のようにゆれて垂れ下がっています。その大きな体を動かすたびに、ぶよん、ぶよん、ぶよん、たっぷん、たっぷん、たっぷん、と、ゆれて波打っています。

ゴリラの王様は、食べすぎや、飲みすぎによる胸やけや、胃もたれなどを治すため、いつもなみだの出るほどにがい熊のキモをなめながら、にが虫をかみつぶしたような情けない顔で、ぼやくのでした。

「まずい！　食べ物がまずい！　どうしてこんなにまずいのだ。もっともっと、おいしい食べ物がどこかにあるはずだろうが。金にいとめをつけずにわたしているというのに、どうしておまえたちはさがしてこられないのだ。この脳なしの、役立たずの、クソバカタレの、オタンコナスの、パラヘロガスの、スットコドッコイめらが……」

世界中からかき集めてきた、ぜいたくきわまりない食材を、世界一の料理人たちが調理したごちそうでさえ、すぐに飽きてしまい、不満たらたらで、悪態をついて召使や家来たちにあたり散らすのでした。

ゴリラの王様は、この世のどこかには、きっと、もっともっとおいしい、自分の舌をとろけさせるような、しびれさせるような、心から満足させてくれる、究極の美味なる食べ物が絶対にあるはずだと、かたくなに信じて疑うことがありませんでした。

ゴリラの王様が、夜は寝ないで、昼の間イビキをかいてぐっすり眠って考えついたのは、飢えに苦しんでいる森の国民に向かって、お布令を出すことでした。

——森の国の国民に告ぐ

世界で一番うまいものを差し出せ。
いまだかつて、だれも食べたことのない
美味なる食べ物を知っているもの、
あるいは、それをもっているものは、
これより百日の間に宮殿に来て、
ゴリラの王様に、そのことを知らしめること。
または、それを献上すること。
それを知らしめたるもの、
それを献上したるものには、
ゴリラの王様より特別に黄金ののべ板百枚を

褒美として与えるものなり。

ただし、くさやや、
タピオカ、ナタデココの類は論外である。

そのお布令を見た森の国の国民は、黄金ののべ板百枚に目がくらみ、日ごろのうらみつらみも忘れてしまい、栄養失調で、がりがりにやせ細った鬼気せまる体を引きずりながら、われこそはと言わんばかりに宮殿におしかけたのでした。

ある献上者は、砂の国の熱い砂のなかにすんでいる小さなトカゲが、カンカン照りの陽射しの強い日、天津甘栗を焼くような熱い砂の上を、トカゲ語で「熱いが、とっても気持ちいい」と言って叫びながら走りまわり、その砂のあまりの熱さに、足の前後左右を交互に、たがいちがいにして上げたり下ろしたりしている。その瞬間をねらって捕らえた、トカゲの足の裏の、あるかないかわからないような肉を、バラの木の炭火で焼いて食べると、食ったか、食わなかったかがわからないほどに美味であるとか。
ある献上者は、山や谷の奥深い洞くつの闇のなかにすんでいる、毒吸血コウモリの目の玉を活きづくりにし、マムシの毒と、フグのキモと、うるしの汁で、まぜあわせたものでタレをつくり、それをつけて食べると、舌はしびれ、くちびるはたらこのようにはれあがり、内臓はとろけてしまい、目は見えなくなってしまうが、あの世のエンマ様の姿が見えるようになるほどに美味であるとか。

ある献上者は、クジラと、シャチと、サメと、イルカの体からキモを取り出し、トウガラシと、タバスコと、ハバネロと、コショーで練りあわせ、毒ヘビと、毒グモと、毒ガエルと、毒アリからとった油を一、三、七、九の割合でブレンドしたもので揚げて食べると、フォアグラのような味がして、胃と腸がねじれあってからみあい、そのあと舌が、口の中で泳ぎはじめると止まらなくなるほどに美味であるとか。

ある献上者は、白磁のツボのなかにドブネズミの死骸を入れ、ゴキブリとウジ虫の卵を産みつけ、ハチミツとコウモリの乳を入れて発酵させ、三年、三月、三日の間、土の中に埋めておいて、満月のかがやく夜にツボを開けて食べると、ゴキブリの赤ちゃんと、ウジ虫の赤ちゃんが、うようよ、ぬめぬめ、と動き出し腹の中で運動会をはじめ、のどもとをはい上がってくるような感じがして、世界の三大珍味である、キャビア、フォアグラ、トリュフなど問題にならないくらい美味であるとか。

ゴリラの王様にしいたげられている国民のなかには、したたかで、抜け目のないものもいました。かれらはゴリラの王様にこびへつらいながらも、かげでは悪口をいって逆らい、舌を出しながらも、せめて一矢をむくいてやろう、ついでに褒美をせしめてやろうとひそかに狙っているのでした。

しかし、だれひとりとしてゴリラの王様の美食の欲望を満足させるような話も、美味なる食べ物も、食材も見つけられませんでした。

ゴリラの王様は、究極の美味なるものが見つかるかもしれない、食べられるかもしれないと期待をしていただけに、何ひとつ見つからなくてがっかりしていました。

しかし、最後の最後、百日目になってやってきたウサギの話に、ゴリラの王様は、とても興味をひかれたのでした。

はるか西のほうにある、森の国の国境の山奥で暮らす小柄なウサギは、ふわふわした真っ白い毛におおわれ、その目は真っ赤なルビーのように、まるで炎が燃えているような、あざやかな赤い色をしていました。

ウサギの顔は、そそり立つ大きな岩のような体と、眼光鋭く黒光りして威圧感のある、いかついゴリラの王様の顔とは対照的でした。やせた細身の体に、おだやかなまなざしをたたえ、少しもゴリラの王様を恐れるふうもなく、こびへつらうようすもありませんでした。

ウサギは、おだやかななかにも堂々としたところがあり、ゴリラの王様の充血したするどいまなざしを、しっかりと受け止めながら、よくとおる声で話しはじめました。

「ゴリラの王様、わたしはここに何も持ってきてはおりません。それに、ここでは何もお話しすることができませんが、わたしの家には、間違いなく世界で一番おいしい食べ物があります。そして、それを一番おいしく調理する方法も知っています」

ゴリラの王様は、こわい顔でウサギをにらみつけながら、

「ウサギ、おまえが世界一だという食材が、ここに何ひとつないのに、何を、どう信じろというのだ。なにゆえ、おまえは、ここに材料を持ってこなかった。なにゆえ、ここで料理を作らない？」

ウサギは、ゴリラの王様の視線を押し返すように、

「わたしの世界一おいしい食べ物はとっても繊細です。ここの、このよどんだ空気と、この水と、ここの、この場所では、本当においしい、世界一おいしい料理はぜったいに作れないからです」

ウサギの自信にみちあふれた言葉です。

ゴリラの王様の、にごって充血した鋭い目が異様に光りはじめました。ウサギは、玉座に座っておそろしい形相で自分をにらみつけるゴリラの王様を、まばたきもせず見つめ返しながら、

「さらに、ゴリラの王様に世界で一番おいしいものを食べてもらうためには、王様に、どうしても守ってもらわなくてはならないことが、ふたつあります」

ゴリラの王様は、たかが水飲み百姓の身分で、ゴリラの王様たるわしに土下座もせず、対等に話をするとは、身のほどもわきまえぬ、無礼千万な生意気な小ウサギめと、内心では大いに腹を立てていたのですが、しかし待てよ、と考え直しました。

もしかしたら？　もしかしたら？　ウサギのいっていることが真実なら……。本当に世界一おいしいものが食べられるかもしれない。そこで、ウサギの話を最後まで聞くことにしたのでした。

「ひとつめは、わたしの家に着くまでは、絶対に、わたしの指示にすべて従ってもらうことです」

ゴリラの王様は、だまったままウサギをにらみつけています。

「ふたつめは、ゴリラの王様は、家来も、馬車も同行させないで自分の足だけでわたしの家まで歩いていくことです」

ウサギが宮殿の一室で待たされている間、ゴリラの王様は迷いに迷っていました。

このウサギ、どこの馬の骨、いや、どこのウサギの骨ともしれんやつ。本当に信じてよいものかどうか？

ゴリラの王様は、世界一おいしいものが食べられるかもしれないという、あまい誘惑と、えたいの知れない、このうさんくさいウサギを信じてよいものかどうか悩みに悩み、ばらの花びらを一枚ずつちぎりながら「信じる？　いや信じない？　信じる？いや信じない、信じる、いや信じない？」などとつぶやきながら、三日三晩一睡もせずに、迷いに迷ったのでした。

もしかしたら、ウサギはわしをうらんでいる敵のまわしものかもしれないのである。言葉たくみにわしをだまくらかして宮殿から誘いだし、わしを敵のやからに売りわたすはかりごとかもしれない。ゴリラの王様はウサギをうたがい、なかなか信じることができませんでした。しかし、どう考えても、どううたがっても、ウサギの目は、でたらめやうそをいっているようには見えませんでした。

それに、もしかしたら？　もしかしたらの話ではあるが、世界一おいしい食べ物が、本当に、本当に食べられるかもしれないのだ。しかし、しかしである、もしかしたら？

もしかしたら？　の、たられば話は、絶対に信じてはならない言葉の一つである。その言葉が、本当に、わが身を危険にさらす恐れもあるのだから、よくよく考えて判断しなければ、わしの命とりになると王様は思いました。

ゴリラの王様は、そのぶよぶよとしたみにくい大きな体をもだえさせながら、もんもんとして迷いに迷ったのでした。しかし、世界一おいしいものが食べられるかもしれないという、あまりにも魅惑的な、あまい誘惑には、とても逆らうことができませんでした。とうとうゴリラの王様は、ウサギの言葉を信じることにしたのです。

二

ゴリラの王様とウサギは、まだほの暗い夜明け前にお城を出発しました。

その日の朝は、夏だというのに、ひんやりとしてはだ寒いくらいでした。

わしをうらんでいるやつらにおそわれはしないだろうか？　それに馬車にも乗らずにウサギの家まで歩いていけるだろうか？　ゴリラの王様は、はじめてのひとり旅に心細くもあり、不安で、不安で、その夜は一睡もできませんでした。

みずからが選りすぐった親衛隊に守らせ、自慢の黒鹿毛の駿馬が引く八頭立ての豪華な馬車に乗っていこうと、下げたこともない頭を下げたのに、

「ゴリラの王様、この旅は大変な旅です。迷いや、勇気がないのなら、おやめになった方が賢明かと存じます」

ウサギから、そんなことをいわれると、なおさら行きたくなるものでした。ゴリラの王様は迷いながらも、とうとう、歩いていくことにしたのでした。


お城を出てしばらく歩くと、まばゆいばかりの光を放ちながら、うしろの緑の草原から朝日がのぼりはじめました。燃えるような緑の草原は朝つゆに光りかがやきながら、ゴリラの王様の大きな影と、ウサギの小さな影、ふたつの影法師は西に向かって長くのびていきました。

陽がのぼるにつれて草原は暑くなり、影法師は短くちぢんでいきます。

お城を出てから、まだ、ほんのわずかしか歩いていないのに、ゴリラの王様の体か

らは湯気が立ちのぼりはじめ、噴き出す汗は滝のようになって流れ落ちています。

ゴリラの王様は、顔をほてらせ、息をせわしく吐き出し、あえぎながら歩いていましたが、いきなり立ちどまり、先を行くウサギを呼びとめました。

「ま、待て、ウサギ、のどがかわいた、ここでしばらく休むことにする」

ゴリラの王様は、ウサギに持たせていた水筒をひきしゃくるようにして手にとると、大きな口にくわえました。グビ、グビ、グビ、グビ、グビ……グビ、グビ、グビ、グビ、グビ……、と大きな音を立て、のどぼとけを、はげしく上下させながら、うまそうに、ものすごい勢いで口のなかに流しこむと、げっぷを、何度もくりかえし、あっというまに水筒の水を飲みほしてしまいました。

ゴリラの王様は水を飲みほすと、草原の小さなシラカバの林のなかの木かげに横たわり、顔の上にボウシをのせ、すぐに地鳴りのような大きないびきをかいて気持ちよさそうに眠ってしまいました。

ウサギは、ぬれた鼻をピクピク、まぶたをパチパチ、長い耳をパタパタと動かしながら、ゴリラの王様のそばに立つと、顔の上でいびきにふるえているボウシを、いきなり取り上げてしまいました。

「な、な、何をする、この無礼者めが。わ、わしをだれだと思っておるのだ」

寝入りばなを起こされたゴリラの王様は、かんかんになって怒りました。ウサギは、ゴリラの王様の大きな怒鳴り声に少しも動じることなく、

「王様、いそがないと日暮れまでに着くことができませんよ。日暮れまでにわたしの家に着かないと、世界一おいしいものが食べられないばかりか、山野で野宿することになりかねませんよ」

しばらくの沈黙があって、

「いま、森の国の民は飢えています。食べる物がなくて毎日のように飢えて死んでいるのです。とても、よそものに食べ物を分け与えてやるような余裕など、どこの家にもありません。それから、もっとおそろしいのは、飢えて、森の国のあっちこっちをさ迷っている無法者たちにおそわれることです。さぁ、ひもじい思いと、おそろしいめにあいたくなかったなら、速く歩くことです、王様」

ゴリラの王様は、ふてくされた子どものように、だらだらと、しまらない動作で立

ち上がると、ヨタヨタと歩きはじめました。

「王様、そんな歩きかたでは、これから三つの大きな山と、ふたつの険しい谷と川をこえることができません。その足を、しっかりと大地につけて、もっと力強く、大地をふみしめながら歩いてください」

だれにも命令されたことのない絶対的な独裁者である自分に命令をする、この、こにくらしいウサギの情けようしゃのない口調に、ゴリラの王様は怒りと屈辱を感じながらも、ひとこともいい返すことができませんでした。

やっとの思いで緑の草原をわたりきると、ひとつめの大きな山が、ゴリラの王様とウサギの前に仁王立ちするかのように立ちはだかり、そびえ立っていました。

ゴリラの王様は大きな山を見上げると、大きなため息をつきました。

ウサギは神妙な顔つきで、山に向かって手を合わせると深々と頭を下げ、

「山の神様、これから山に登らせていただきます。どうぞお守りください」

と、うやうやしく祈りをささげました。

ひとつめの山は、とても険しく、細いけもの道のような山道でした。岩にしがみつ

き、夏草や、つる草にすがりつきながら登る坂道に、ゴリラの王様の、大きく出っぱったおなかがこすられ悲鳴をあげて、なかなか前に進むことができませんでした。

「ハァ、ハァ、ハァ、ハァ、ハァ……」

ゴリラの王様の苦しそうな息づかいが、まるで蒸気機関車の噴き出す蒸気のように、まわりの若葉や青葉をゆらし、流れ落ちる汗は、かわいた山道をぬらしていきました。

悲劇が起きたのは、この山一番の難所である、急な登りの岩はだのクサリをたぐりよせながら登っているときのことでした。

「あっ、しまった！」

ウサギの叫び声といっしょになって、ゴリラの王様からあずかっていた、豪華なごちそうの入っていた弁当箱と水筒が、ガラン、ガラン、ガラン……と、けたたましい音を立てながら、谷底に向かってころがり落ちていきました。

その光景を、となりのクサリにとりすがって見ていたゴリラの王様は、断末魔のような悲鳴をあげました。

「ドヒャヤヤヤヤヤ。ウァァァァァァァー。どどどどど、どうするつもりなん

だ。これから、ウウウ、ウサギ、わわ、わしわぁ、わしわぁ、腹が減って、腹が減って、減って、減って、減って、のどがかわいて、のどがかわいて、かわいて、かわいて、かわいて死にそうなんだぞ。いい、いったい、いったい、ここ、これから、どど、どうするつもりなんだ」

ゴリラの王様はカンカンになって怒っていましたが、その声もだんだんと弱くなり、だれかに助けを求めるような、子どもがいじけたような、か細い、消え入りそうな、悲しそうな声に変わっていきました。

ウサギは、青菜に塩をふりかけたようなゴリラの王様に向かって平然といいはなちました。

「王様、たまには食事を抜くのもよいものですよ。そのぶん今晩のごはんがおいしく食べられます。それに、たまには胃ぶくろを休ませてやることも大切です。のべつまくなしに、いつも胃ぶくろのなかを満タンにしていると体に悪いのです。さぁ、元気を出して、速く歩きましょう」

ゴリラの王様はしかたなく、うめくような声を出しながら、ヨロヨロと歩きはじめました。ゴリラの王様にとって、おなかがすいているのに何も食べられないなんて、屈辱であるばかりか、悲劇いがいの何ものでもありませんでした。

山を七合目くらいまで登ったところに、となりの谷につながる峠がありました。峠が近づくにつれて、となりの谷から吹き上げてくる風が強くなり、そのさわやかな風が、汗でぐっしょりになってぬれた、ゴリラの王様と、ウサギの体をやさしくなでていきました。

ウサギとゴリラの王様が切り立った峠に立つと、その眼下の右には、たった今、歩いてきた緑の草原が見え、左には、これからわたろうとしている、ひとつめの広い谷と大きな川の流れがあり、ふたつめの山の雄大なる眺めが広がっていました。

「ウワァ~この風はいったいなんなんだ。この風は、なんと気持ちのよい風なんだろう……。こんな気持ちのよい風をうけたのははじめてだ。わしは、風が、このように気持ちのよいものだとは知らなんだ」

自然のなかで汗水たらして働いて、そこにすずしい風が吹いてきて、ほてった体を冷やしてくれる。体を使って働くものにしかわからない至福のひとときです。

ゴリラの王様は、まるで風に酔いしれたかのように、うっとりと目をとじ、風に身をまかせていました。しばらくすると、急にわれに返り、

「それにしても、このすばらしい眺めはなんなんだろう。たとえようのない美しさだ。わしは、いまだかつて、こんな景色を見たことがない」

ゴリラの王様は感嘆の声をあげると絶句してしまいました。

しばらくはぼう然としてたたずみ、歓喜と至福のいりまじった顔を峠の風にさらしながら、眼下に広がる雄大な自然の景色に見とれていました。

「王様、わたしが子どものころ、大好きだった先生に連れられて、この山に登り、この峠に来たことがあります。そのとき、わたしも王様と同じように感動したのを、まるできのうのことのように覚えています」

ウサギは、幼いころ先生に連れられて、この峠に立ったときのことを話しはじめました。

「この険しい山道を登ってきて、くたくたに疲れ果て、汗だくになっている生徒たち

に向かって、わたしの大好きだった先生は、この峠で教えてくれたのです。この峠に吹いている風は、決して後もどりなどはしない。つねに前へ前へ、明日に、あさってに、未来に向かって吹く、希望の風なんだと教えてくれました」

ウサギにとってはなつかしい、遠い昔を思い出しながら青い空を見上げました。

「わたしの尊敬する先生は教えてくれました。もし、君たちが大人になって、生きることにつまずいたり、絶望にさいなまれたり、希望を見失ったりしたとき、この峠に来るといい。きっと、この峠に吹く風が、君たちの初心を、君たちの見失ってしまった希望を思い出させてくれ、生きる力を、かならずよみがえらせてくれるだろうと、おっしゃったのです」

ゴリラの王様は静かにウサギの話を聞いていました。

三

その峠をこえて谷に向かって下りていると、どこからともなく、ここちよい水の流れる音が聞こえてきました。その水音は、山道のすぐそばの夏草におおわれた小さな谷川からでした。川の底のほうから、小さな砂を巻き上げるようにして、こんこんと水がわき出しているのです。

ゴリラの王様は、どこにそんな力が残っていたのかと思うくらいの素早さで、その谷川に向かって走っていきました。そして、遊びまわって、のどがカラカラにかわいた子どもが水を飲むように、両手で水をすくいあげながら、ゲホ、ゲホとせき込み、むせ返りながら、のどを鳴らし、おいしそうに水を飲みつづけました。

「う、うまい？　この水は、なんとうまい水であろう。水が、ただの水が、こんなにおいしいものだとは、わしは、今の今まで知らなんだ」

ゴリラの王様のカラカラに干上がった体は、わき水に歓喜に打ちふるえています。こんこんとわき出てくる水を、両手ですくいあげるようにして飲んでいる王様の姿は、まるで神様にでも祈っているかのように見えました。

貧しい家では、水を飲んで腹の足しにします。だけど、ゴリラの王様は水を飲んだだけでは腹の足しにはならなかったのでしょうか、谷に向かって下りながらも、

「腹が減った……腹が減った……腹が減った……腹が減って死にそうだ。腹が減って死にそうだ」

ゴリラの王様は、腹が減った、腹が減ったを呪文のように唱えながら、夢遊病者のように大きな体をあっちにふらふら、こっちによろよろとよろめかせながら、ひざをガクガク、足をケタケタと笑わせながら、やっとの思いで谷底に着いたのでした。

ゴリラの王様の体は、ひもじいせいなのでしょうか、それとも、疲れのせいなのでしょうか、まるで、おこりの発作のように全身を小刻みにふるわせています。

雲ひとつない青空には、ギラギラと燃えさかる真っ赤な太陽が真上にあり、フライパンのような谷底にいるゴリラの王様とウサギの体を、じりじりと情けようしゃなく照りつけています。ウサギの着ている粗末な白い服は太陽の熱をはね返し、ゴリラの王様の着ている上等な黒い服は太陽の熱を吸いつづけ、体から汗をしぼりだしつづけました。ゴリラの王様の黒い服は、何度も何度も噴き出してくる汗にぬれ、何度も何度も熱い陽射しと体温でかわき、黒地の布は白い塩が浮き出し層になっていました。

「こ、これ、ウ、ウサギ。まだか、まだ着かぬのか？　わしは腹が減って、腹が減って死んでしまいそうだ。もうだめだ、もう一歩も歩けん」

ゴリラの王様は、空腹と、歩くのに疲れ果ててしまい、広い谷の真ん中あたりで、空気がもれはじめたゴム風船のように、へなへなと腰くだけになり、だらしなく、へたりこんでしまいました。

「王様、おなかがすいて、ひもじい思いをするのはたしかに苦しいものです。だけど、生きているものが、何も食べる物がなくて飢えて苦しみながら死ぬのは、ひもじいことなどとは、とても比べものにならないのです。もっと、もっと、この何倍も何十倍も、いや、その何百倍も苦しいのです……」

ウサギの声は、それまでの声ではありませんでした。その声は、飢えて、もがき苦しみながら、うらみを残して死んでいった、たくさんの怨霊がウサギに乗り移ったかのように、暗くしずんだ声でした。

「飢えて死んだものたちも、王様と同じように空気を吸い、同じように息をして生きていたのです。王様と、どこも変わらない同じ生き物だったのです。ぜいたくなんかしなくてもいいのです。家族が仲良く、つつましく生きていけるだけの食べ物さえあればよいのです。食べ物さえあれば生きていけたのです」

「……」

「王様には無縁な言葉ですが、つつましい暮らしのなかで、ツメにロウソクの火をともすようにして生きているものたちは、もったいない、という言葉を大切にして生きています。それは、心と体が、本当に食べ物のありがたさを知りつくしているからなんです」

ゴリラの王様は、空腹のせいなのか、疲れているせいなのか、それとも、ウサギのうらみの声のせいなのでしょうか、うなだれたままの姿勢でした。

「だれもが、この世でいつまでも生きていたいのです。まだまだ生きていて、愛するものたちといっしょに末永く幸せに暮らしたかったのです。生きて、夢や希望をかなえたかったのです」

「………」

「ただ、ただ、食べる物がないというだけで、かけがえのない、慈しんで育ててくれた父や母を、姉や弟を、やさしかったおじいさんやおばあさんを、愛しい妻や、かわいい子どもたちを、飢えて死なせてしまいました。親しい友も、親しい人も死なせてしまいました。後悔しても、どんなに後悔しても、どんなことをしても取り返しのつかない、この悲しみは、自分が死ぬよりも、もっともっとつらくて苦しいのです。そして、飢えて死ななければならなかったものたちの、悔しさと、悲しさと、その無念さは、とても言葉にあらわすことなどできません。死んでも死にきれないほど悔しかったのです」

そのとき、谷間のあっちこっちでつむじ風がうなり声をあげながら、谷間に落ちていた落ち葉や、枯れ枝を巻き上げていきました。

それは、うらみを残して死んでいったものたちの怒りの声のようでした。

「王様の飢えは、ただおなかがすいているだけのことです。本当の飢えなどではありません。飢えて死ぬ苦しさは、そんなあまっちょろいものではありません」

「……」

それに、王様は飢えて死ぬことなど到底できないのです。なぜなら、ぜいたくざんまいな料理でたくわえられた王様の体をおおいつくしている、そのぶあつい脂肪のかたまりが、飢えて死ぬことをこばむからです。王様とちがい、飢えてやせ細った体は、ガラス細工のように、とてももろいのです。王様のその体なら、食べ物がなくても一週間や二週間、いえ、もっともっと生きることができるでしょう」

真っ赤な炎を吐き出すかのような、ウサギの熱くてはげしい言葉には、飢えて死んでしまった家族や、大勢の仲間たちの、怒りと、うらみの声がこもっているのでした。

「王様、その耐えがたい死の苦しみのなかで、飢えて死ななければならなかった森の国の国民が、いったい、いったいどれくらいいいたのか知っているのですか？　おそろしい数です。何万、何十万、いえ、何百万とも、それ以上ともいわれているのです。王様の祭りごとのかじ取りひとつで、この森の国の国民のすみかは、天国のすみかにも、地獄のすみかにもなるのです……」

深い悲しみが、ウサギの小さな体を打ちふるわせました。

ゴリラの王様は、ただうつむいたまま顔を上げようともしませんでした。重苦しいよどんだ沈黙が、岩と石ころだらけの荒涼とした谷間をおおいつくしています。その長い沈黙のあと、

「でも、約束は約束です。王様に世界一おいしいものを食べてもらいます。いえ、どうしても、どんなことがあっても、食べてもらわなければなりません。亡くなった人たちのためにも、さぁ、早く立ってください。約束の場所は、まだまだ遠いのです」

へたりこんだままのゴリラの王様は、ウサギがせき立てても、なかなか立とうとはしませんでした。

それからのゴリラの王様は、まだ着かぬかとも、のどがかわいたとも、腹が減ったともいわなくなりました。ただ、もくもくと歩きつづけました。

四

ウサギとゴリラの王様は、山と山にはさまれた石ころだらけの、だだっ広い谷間をわたると、ふたつめの山をこえ、ふたつめの谷間をわたると、世界一おいしい食べ物があるという、三つめの山に登りはじめました。ゴリラの王様は、だれの手助けもなく、自分の足でこんなに長い距離を歩いたことがありません。生まれてはじめて自分の足で歩いた旅でした。

しかし、ゴリラの王様は、ウサギにはげしい言葉でののしられ、真実の森の国の姿を思い知らされ、たたきのめされたのでした。

ゴリラの王様は心から疲れ果てていました。その大きな体は、まるで生きたしかばねのようです。うつろな目をして、ただ、もくもくと歩くばかりでした。

ウサギとゴリラの王様が歩いているうちに、まわりの景色はすっかり変わり、いつのまにか、西の空は真っ赤な夕焼け色に染まりはじめていました。

「やっと着きました、王様。ここが、世界一おいしい食べ物があるところです」

ゴリラの王様は、飢えと、かわきと、へとへとに疲れてしまった体を、途中でひろった木の枝で支えながら、ゆっくりとまわりを見わたしました。そこには、緑の木立ちにかこまれた粗末な木こり小屋がありました。

そばには、コロン、コロン、コロンと、すずやかな音を立てて流れる、夏草にふちどりされた小さな谷川がありました。木こり小屋の前には、背の低い青草のしげった広場もあります。その広場には、背の高い大きな青い葉っぱのよくしげった八本の木があり、夕焼色の長い木もれ日の下には、大きな丸太のテーブルがあり、それを十二の丸太のイスがとりかこんでいました。テーブルやイスについている、いろんな切り傷や、いたずら書きは、ウサギの家族のだんらんのあとでした。

でも、どこをさがしてみても、ウサギの家族の姿は見あたりません。ゴリラの王様は、そのいたずら書きを見つけると、あわてて目をそらしました。

「王様、お疲れさまでした。さぁ、その丸太のイスにおかけください。これから急いで支度をして、世界一おいしい食べ物を料理してまいります」

丸太のテーブルにのせたゴリラの王様の手はふるえつづけています。大きな体も、足もプルプル、プルプルプル、と、小きざみにふるえつづけています。止めようとして手を手でおさえても、どうしてもふるえは止まらないでふるえるのでした。

ゴリラの王様の腹の虫は、ぐるるる、ぐるるる、と鳴きつづけ、腹の皮は背中の皮にくっついてしまうほどでした。ゴリラの王様は、朝、昼、晩の三度の食事に、おやつや夜食など、のべつ幕なし絶えまなく食べつづけ、いままで、ただの一度も食事を抜いたことがありませんでした。しかし、生まれてはじめて、たった一度昼飯を抜いただけで、こんなにも、つらくて苦しいものだとは、ゴリラの王様は、ただの一度も、考えたこともなければ、夢にも思ったことがありませんでした。

それから、十分がたち、二十分がたったころでした。木こり小屋の奥から、ゴリラの王様の鼻先に、この世のものとは思われぬような、食べ物のいいにおいがただよいはじめたのです。

それからまた小一時間くらいたったころでした。木こり小屋の戸が開いて、ウサギが水のはいったオケをもって出てきました。

「王様、世界一おいしいものを食べてもらう前に、まずは、この冷たい水でお手をお洗いください」

ウサギの言葉に、ゴリラの王様は素直にイスから立ち上がると、両手をウサギのほうに差し出しました。ウサギはひしゃくでオケの水をすくい、ふるえているゴリラの王様の大きな手に冷たい水を何杯もかけてあげました。

ゴリラの王様は手を洗うと、手わたされた洗いざらしの木綿の手ぬぐいで手をふきながら、丸太のイスに座りなおしました。ウサギはしばらくすると、黒くすすけだったやかんをふたつと、木で作られた粗末なおぼんに、陶器でできた茶わんと、竹の皮に包まれたものをのせてもってきました。

ウサギは、それをゴリラの王様の前のテーブルに置きました。茶わんは大きめでふちが欠けています。ウサギはその茶わんに、ふたつ持ってきたやかんのうちのひとつから、ややぬるめのお茶をそそいで、

「王様、これが、わたしの持っている世界一おいしい食べ物です。さあ、どうぞ、お召し上がりください。もし、この食べ物が、ゴリラの王様のお気に召さなかったのなら、いかなる罪でも、いかなる罰でもおうけいたします」

ゴリラの王様は顔を上げると、しばらくの間ウサギの顔を見つめていましたが、その視線をテーブルにもどすと、プルプルふるえる手で、ふちの欠けた茶わんをとり、ややぬるめのお茶を一気に飲みほしました。ウサギは別のやかんから、今度はやや熱めのお茶をついであげました。

お茶は、ゴリラの王様のかわききったのどをうるおし、何も入っていない胃ぶくろにつくと、くたくたに疲れ果ててしまった体のすみずみにまで、お茶のやさしい香りが染みわたっていきました。

それからゆっくりとした動作で、竹の皮のひもをほどいて開けると、そのなかには、かすかに湯気が立ち、しっとりとして白くてつやのある、やや大きめのおむすびが小山のように三つ入っていました。ゴリラの王様は、こわれそうなものでもさわるように、プルプルふるえる両手で、おむすびをとると、しずかに口に入れました。

ゴリラの王様は、おむすびの米つぶ、ひとつぶ、ひとつぶを、ゆっくり、ゆっくり、かみしめるように、たしかめるように食べはじめました。

塩味だけのおむすびです。

おこげの入ったおむすびのにおいは、とってもこうばしく、米つぶの舌ざわりもなめらかです。歯ごたえは、弾むようにやわらかく、かたく、米つぶのあまさと、なんともいいようのないうま味が、口のなかいっぱいに広がっていきます。

いつしか知らない間に、ゴリラの王様の目には熱いなみだがたまりはじめていました。しばらくすると、そのなみだはこらえきれず、まぶたのふちからあふれ出し、せきを切ったように、世界一おいしいおむすびの上に流れ落ちていきました。

「そうか、これが、これが世界一おいしい食べ物であったのか……。この塩でにぎっただけのおむすびが、世界で一番おいしい食べ物だったのか。わしは、わしは、おろかな、あまりにもおろかな王であった」

ゴリラの王様は、流れるなみだをぬぐおうともせず、小きざみにふるえる手で、おむすびを食べつづけました。


そのとき、うす暗くなってきた木こり小屋のうしろのほうから、カナカナカナカナカナ、カナカナカナカナカナ……、カナカナカナカナカナカナ……と、ヒグラシの鳴き声が聞こえてきました。

森の国にたそがれがせまっていました。

もう、夏は終わりです。

小さな村の千年桜

一

大きな山と大きな山にはさまれた、その谷間にある小さな村に、千年も生きつづけているという、大きなしだれ桜の木がありました。そのしだれ桜の木は、川のほとりのなだらかな坂になっている原っぱに、ひとりぼっちで立っています。

まるで大地を抱きしめているかのような太い根、こけの生えている黒いこぶのあるたくましい枝、大きな枝は空に向かって曲がりくねりながら幹からのびています。その枝の先からは無数の細い小枝が、まるで花の糸を垂らしているかのように、細長く垂れ下がっています。

桜の木は、いにしえの昔からお米を作る田んぼの神様だといわれています。

この、しだれ桜の木は田んぼの神様だけではなく、とっても不思議な力を備えていました。

これまでにも、その不思議な力で村人たちを守ってきたいくつもの伝説があります。

村人たちは、しだれ桜のことを村の神木としてうやまい、いつのころからともなく千年桜と呼ぶようになったのでした。

このしだれ桜の木が千年も生き長らえてこられたのは、どしゃ降りの大雨に、かんかん照りの暑さに、草木をなぎ倒す大嵐に、いてつく寒さに、すべてのものを埋めつくしてしまう大雪などにそなえるために、害虫をとり、材木で枝を支え、幹をむしろで囲ったりして千年桜を守ったからです。そして、桜の花が咲いたあとと、落ち葉が散ったあとの二回、千年桜に感謝の気持ちを込めて肥やしをやりました。

村人たちみんなが心をこめて世話をしたからこそ、今でも、こんなに立派に元気な姿で生きているのです。

春、夏、秋、冬、この四季折々の美しい旅人たちは、この谷間の小さな村にも忘れずに必ずやってきます。しかし、季節の旅人たちの、そのきらびやかな美しい装いとはうらはらな、おごそかな大自然のきびしさに、千年桜と村人たちは、ともに風雪に耐えしのびながら助けあって生きてきたのでした。

春になると、千年桜はほこらしげに美しい花をいっせいに咲かせます。

千年桜に花が咲くと、村人たちは、男も女も、老いも若きも、子どもたちも、みんな手を合わせて祈ります。そのあと、花の下にむしろをしいて車座になって、いっぱいのごちそうをならべ、桜の花びらの舞う、その下で、手をたたいて陽気に歌ったり、おどけて舞い踊ったり、みんなで仲良く食べるのがなによりの幸せでした。こんな楽しい花見ができるようになったのも、千年桜が村人たちを守ってきてくれたおかげでした。

千年桜の伝説のなかのひとつに、戦国時代、この小さな村が大干ばつにおそわれたときに、千年桜に救われたという話があります。

うすく空いっぱいに広がる白い絹雲は高い空にあり、イチョウの葉っぱと、稲穂は黄金色に、赤トンボと、柿の実と、マンジュシャゲの花は、ますます赤くなり、山里は紅葉色に燃えていました。

かやぶき屋根のうえには草が生え、雨が降れば雨もりのする、みすぼらしい阿弥陀堂も紅葉色のなかにつつまれています。

その阿弥陀堂で、村人たちは久しぶりに、この村を訪れてくれた旅人から、めずらしい話を聞こうと入りきれないほど集まってきて、もてなしをしているところでした。

旅人は、大ぶりな茶わんを両手で強くにぎりしめ、おいしそうに時間をかけて一杯目を飲みほすと、草もちを食べながら、遠慮がちに熱めの二杯目のお茶をもらい、それをひと口飲んでから話しはじめました。

「都でのう。ついこの間のことじゃった。大きな戦がありましてのう、大勢の人が死にましたのじゃ。罪のない人たちまで巻きぞえにあってのう。それは、それは、むごたらしい戦じゃった」

旅人は、話をするのもつらそうにまゆと口をしかめ、顔をくもらせながら話をつづけました。

「都の、戦の巻きぞえになったのは大人だけじゃなかった。子どもたちも巻きぞえになりましたのじゃ。流れ矢が、かわいいさかりの、いたいけない三歳くらいの男の子にあたり、わたしの腕のなかで『痛いよう、痛いよう』といいながら、その声もだんだんと小さくなり、そして、息がたえてしまいましたのじゃ。わたしは、わたしは傷ついた子どもに何も、何もしてやれなんだ。ただ、ただ、声を出してはげまし、なみだを流して抱きしめてやるだけじゃった。わたしはあのときの、あの子の顔と、息がたえたはずなのに、あの子の亡骸のぬくもりが、あの子の真っ赤な血のように、今でもこの両腕に残っておりますのじゃ。むごい話じゃ、本当にむごたらしい話じゃった。皆の衆、人間はなんで、あんなむごたらしい戦などするのじゃろうかのう？　わたしはそれから、神も仏も信じられんようになってしまいましたのじゃ」

やさしそうな旅人の目になみだがあふれ、ほおを伝わり流れ落ちました。

やさしい旅人から悲しい話を聞いた、その次の年のことでした。いつもならほこらしげに、美しい花をいっぱい咲かせる千年桜が、春になっても、ちらほらとしか、わずかな花しか花を咲かせないのです。花が咲かないのは、この村に何か不吉なことが起こる前ぶれではないかと、村人たちが騒ぎはじめ、千年桜に集まって長老たちの話を聞くことにしたのでした。

昔からのいい伝えじゃといって語りはじめたのは、長老のひとりであり、この村一番の物知りでもある平太じいさんでした。

平太じいさんの顔は、丸い下駄のように平べったくて、あごがしゃくれているうえにまゆが八の字に垂れていて、いつも笑っているようなえびす顔をしています。そのうえ、自分の大きなげんこつがすっぽり入るほどの大きな口が自慢で、げんこつを口に入れたり出したりしておどけ、いつも、おもしろおかしなことばかりいって、みんなを驚かせたり、笑わせたりしている、ひょうきん者のおじいちゃんでした。

その日の平太じいさんの顔は、いつものおどけたおもしろおかしい顔とは、まるっきりちがう真剣な顔でした。平太じいさんは、こけむした千年桜の幹に手をあてがいながら、わずかしか花が咲いていない枝葉を見上げ、その視線を村人にもどすと、力強い声で話しはじめました。

「春になっても、この千年桜にわずかしか花が咲かない年は、梅雨になっても夏になっても雨が降らず、日照りがつづき、おそろしい大干ばつになると、いい伝えられておる。それから、秋になって千年桜の木に季節はずれの花が咲くときは、この村に、とてつもない大雪が降るとも、いい伝えられている……」

平太じいさんは、おんとし八十八歳の年輪が、そのまんま顔にへばりついたような、干からびた黒いしわしわの平べったい顔を青ざめさせ、くもらせながら語りつづけました。

「村の衆、この千年桜の異変は、この村に、これから一大事が起きるであろうことを知らしめているのじゃ。この千年桜が春になっても花を咲かせないのは、これからも日照りがつづくことを、干ばつによって起こるであろう飢饉を、千年桜の神は、いち早くわしらに教えてくれているのじゃ」

平太じいさんはかわいたくちびるをなめながら、さらにつづけました。

「この村の一大事に、この大自然の大きな災いに立ち向かうには、何が何でも村の衆の心をひとつにしなければならん。心をひとつにして、心してかからねば、この村は滅びてしまい、生きのびることはできんぞ」

せっぱつまった顔で、火の出るような言葉を吐き出す平太じいさんの話に、村人たちはかたずをのんで聞き入っています。

「さあ村の衆、ぐずぐずためらっているひまなんかないぞ。女も、子どもも、年寄りも、体が動くものは今すぐに行動するのじゃ。今すぐにやらにゃ間にあわんことになってしまうでのう」

平太じいさんは、みんなをにらみつけるようなこわい顔で、これからやらなければならないことを矢つぎ早にいいつけるのでした。

「まずは、今あるため池や田んぼに、むだな水漏れがないかどうかを、くまなく調べ、それを補修する。それに、川にはまだまだ水が流れておる。それをうまく使わん手はない。次は、女子どもから年寄りまで村の衆を総動員して、新たな水路を切り開いて、工夫をこらし、新しい大きなため池を掘る。それは、これからの時間との勝負になる。皆の衆よ、それについては心して、命をかけてやれ」

平太じいさんは空を見上げると、思わずため息をつきました。それは、いうのはやすいが、実行するのはとても困難だったからです。

「それからもうひとつ、今からどうしてもやっておかなければならない大切なことがある。食べられる物なら何でもええから、子どもたちを総動員して、ワラビ、ゼンマイ、セリ、ミツバ、カラスノエンドウ、ウド、フキノトウ、ノビル、カタクリ、ユキノシタ、ヨモギ、タラノメ、イタドリ、タケノコ、キノコなど、食べられる山菜なら何でもよい。山の奥まで分け入り、くまなく探し出して、すべての山菜を集めてしまう。保存方法は、塩漬けにするもよし、乾燥するのもよし、腐らさずに保存すればよいのじゃよ」

平太じいさんの頭の中では、これまでの経験から、いろんな考えや答えがはじき出されているらしいのです。

「たとえ草の根一本、木の実ひとつ、魚や、鳥の骨であろうが、梅干しの種であろうが、絶対に捨てたり粗末にしてはならんぞ。ええな、腹に入る物なら、食べられる物なら、何でもええから、集めてかわかしてたくわえておくのじゃ。ただしいっておくが、カタクリやノビルなどの草の根を食べる山菜以外は、間違っても根をいためたり、掘ったりしてはならんぞ、ええな。そんな山菜は、今年だけの食糧ではないのだから。村の衆は今年だけ生き残れば、それでよいと言ったものでもない。これからも山菜は、未来永劫生きつづける村の衆の子々孫々にとっては、かけがえのない貴重な食糧でありつづけるはずなんじゃからな、大切にせにゃならんのだぞ」

よく考えてみると、山菜は、みんなが思っている以上に貴重で大切な食糧でした。

「マンジュシャゲの根は、せっぱつまったときだけに掘り起こし慎重に毒抜きをせにゃならんから、個人では絶対にやってはならんぞ。一歩間違えば死にいたる食べ物なんじゃけん、そんなものは、すべて村で取り仕切ることにして、すべて平等に配ることにする。それから大飯ぐらいのものは、腹八分目以下でがまんできるようにしておけよ。飢えたことのないおまえらにゃ、とても想像することもできんじゃろうが、飢えるということは死ぬことよりもはるかにつらくて、もっともっと苦しいということだけは覚悟しておけよ」

平太じいさんは顔をしかめると、少し間をおいてから、

「あんな、へどのでるようないまわしいことを、思い出したくもないから、今まで、だれにも話をしたことがなかったのじゃが……。こんなときにこそ、あの話をしておかにゃならんのじゃろうのう」

平太じいさんは、大きく息を吸いこみ、そして吐き出しました。

「わしは若いころ、都の近くに住んでいたことがある。そのとき、侍たちに食糧を略奪されたあと、運悪く、今までに経験したことのない大飢饉におそわれたことがあ

るんじゃ。そのときも春先から日照りがつづいていた。春になっても、梅雨になっても、雨はほんのわずかしか降らなんだ。川も田んぼも干上がってしまい、畑の作物ばかりか、山の草木まで枯れてしもうた。村人たちは八百万の神々や仏様に毎日のように祈りつづけた。もちろん雨ごいも何度も何度もやったが、ついぞまとまった雨は降らなんだ。村人たちは食べ物がなくなると、トカゲやヘビ、ナメクジやネズミや虫、木の根や草の根までも、食べられる物なら、何でも食べて飢えをしのいでいたが、食べ物がなくなってしまうと、体の弱いものから順番に、大勢の村人たちがつぎつぎと死んでいったのじゃ……」

平太じいさんは、思い出すのもつらそうに顔をゆがめました。

「悲劇はそれだけではすまなんだ。おそろしいことが起きてしまったのじゃ。生き残った村人たちは、わずかしか残っていない食べ物を奪いあったのじゃ。ことものうに、親しかった人を、身内のものでさえ傷つけあい、あげくの果てには、殺しあいまでして食べ物を奪いあったのじゃ。あんなにやさしかった人が、あんなにおだやかで親切であった人たちが、まるで人が変わってしまったようになってしもうた。飢えはのう、まともな人の心さえも、ねじ曲げてしまい、くるわしてしまう。人間は獣の一つかもしれん、どんなに強がりをいっても、本当は弱いもんじゃでのう。食べるためなら、生きるためなら何をしでかすかわからん」

平太じいさんの声はかすかにふるえていました。そのときのことを思い出して、体のなかからこみ上げてくるものがあるのでしょうか。思わず口に手をあて身ぶるいをすると、目をつむりながら歯を食いしばりました。

「あのときの、あの光景は、今思い出しても身の毛もよだつような、おそろしくも、浅ましい、みにくいものじゃった。まさに、この世の生き地獄じゃった。どんなことをしてでも、この村を、あのような逃げ場のない地獄にしては絶対ならん。この村があんなことにならんように、千年桜の神がいち早く、わしらに知らせてくれたのじゃ。さあ村の衆、飢えに備え、たとえどんなことがあろうとも、人と人とはあらそわず、みんなで助けあい、いたわりあいながら強く生き抜いていくのじゃ。みんなが力をあわせさえすれば、かならずそれはできる」

鬼気せまる平太じいさんの話に、村人たちの顔色は青ざめ、その手のひらにあぶら汗をにぎりしめながら、心の奥底から吐き出したようなおそろしい話に聞き入っているのでした。

千年桜のいい伝えのとおり、その年は雨の降らない、かつてないかんかん照りの日がつづきました。

川は干上がり、田んぼはひび割れ、土はかわききり、草木は枯れてしまいました。

しかし、千年桜のいい伝えと、平太じいさんや長老たちの指導のもと、村人みんなが一致団結して、知恵を出しあい、工夫をこらしました。田んぼやため池をつくろい、新たなため池を造り、水を大切に使い、どんな食べ物でも捨てずに、粗末にせずに、少ない食べ物を、みんなで分かちあいながら食べて、飢えをしのいだのでした。

干ばつの嵐が過ぎ去ったあと、村人は、だれひとりとして飢死することはありませんでした。長老たちは、千年桜の異変がわかったとき、すぐさま、近郷近在の村々にも千年桜の異変を伝え、干ばつに備えるよう呼びかけていたので、近郷近在の村々の被害も、最小限におさえることができたのでした。

村人たちは戦いました。渾身の力をもって、そびえ立つ千年桜に見守られながら、心をひとつにして、知恵を出し合い、みんなが、自分の村は自分たちの力で守り抜くのだという強い意志と信念のもと、大自然の猛威と戦いました。かけがえのない命を助けあいながら、おそろしい干ばつに打ち勝つことができたのでした。

二

あのいまわしい太平洋戦争が終わって三年目のことでした。

けん太は六歳になっていました。

けん太の住んでいる古いかやぶき屋根の家は、千年桜のすぐそばにありました。けん太の家は農業をしています。

お父さんは赤紙一枚で戦争に駆り出され、戦後間もなく傷ついて帰り、それがもとで亡くなってしまいました。だからけん太は、自分とお母さんからお父さんをうばった戦争が大嫌いです。今は、お母さんとけん太と、おじいさんとおばあさんの四人で暮らしています。

竹トンボ、竹馬、刀、すべり台、パチンコ、紙鉄砲など、いろんなおもちゃをけん太に作ってくれるおじいさんは、魚釣りの名人です。だれにでもやさしいおばあさんは、けん太の好きな草もちや、おまんじゅうをよく作ってくれます。お母さんは花を育てるのがとっても上手で、家のまわりは花でいっぱいです。けん太が夜中に、亡くなったお父さんの夢や、こわい夢を見て、うなされて泣いていると、いつもいっしょになって泣いてしまいます。

けん太も泣き虫だけど、お父さんが亡くなってからは、お母さんはけん太より、もっと、もっと泣き虫になってしまいました。だけど、いつもけん太を強く抱きしめてくれるから、お母さんは大好きです。

大好きだったお父さんが亡くなってから、もうじき四カ月になります。

けん太は、なるべくお父さんのことを思い出さないようにしているのに、囲炉裏でご飯を食べていると、お父さんの座っていたところに、お父さんがいないのに気がついたりすると、とっても悲しい気持ちになって、かってになみだがボロボロこぼれてしまうのです。どうしたらなみだが出なくなるのでしょう。

五右衛門風呂に入るのも、いつもお父さんといっしょでした。

五右衛門風呂は、鉄でできたお風呂です。たきぎを燃やしておかまでご飯を炊くようにして風呂をわかすため、火のあたる底やまわりの部分が、すぐに熱くなるので、底板に上手に座り、まわりに注意しながら入ります。けん太は目方が軽いから、底板に乗ってもしずまないで浮き上がってしまうので、けん太ひとりでは五右衛門風呂に入れないのです。だから、いつもお父さんといっしょに入って、ひざの上に座ってあたたまっていました。

風呂の湯がぬるいときは、お母さんがおいだきをしてくれます。かまどの中の火種の上に杉の枯葉と、たきぎを入れると勢いよく煙が出てきます。お母さんは火吹き竹に口をおしあて、そこに向かって、ほおをいっぱいふくらませ、火の色に顔を赤く染めながら、フウー、フウー、フウー、と息を吹きかけながら火に勢いをつけて燃やします。火の勢いが強いと風呂がまも熱くなり、そこに体があたっていると、やけどをすることだってあります。

お父さんは、けん太を肩車して、よく千年桜に連れていってくれました。お父さん

は、この千年桜が、この村にとってどれだけ大切な神木であるか、その伝説をわかりやすく説明してくれました。

　そのまわりに生えている、いろんな季節の草のなかで、食べられる野草を教えてくれたのもお父さんでした。ツクシ、フキ、タンポポ、ノビル、ワラビ、ゼンマイ、スイバ、イタドリ、カタクリ、カラスノエンドウ、ヨモギ、アザミ、カズラ、オオバコ、ドクダミ、ツワブキ、ミツバ、セリ、ユキノシタ。

「けん太、よく覚えておくんだよ。これは、みんな食べることができる草なんだから。もし、食べる物がなくなったら、その季節の、その時期にしか生えてこない、食べられる野草を食べたらいい。少し苦いものや、えぐいものもたしかにあるが、上手に料理をするとおいしく食べられる。体に大切な栄養である、ビタミンやミネラル類が豊富にふくまれているから、薬にもなるし、体も丈夫になるんだ」

　けん太は、お父さんやお母さんといっしょに、ツクシやフキノトウやヨモギ、ノビルやワラビやゼンマイなど、食べられる野草をとりにいくのが大好きでした。そんなときのおやつはイタドリです。たけのこのような形をしたイタドリの皮をむいて、塩をつけて食べます。ちょっぴりすっぱいけど、おいしい食べ物です。

「このトゲのある木はサンショウの木。木の芽をお吸い物や手でもんでみそに入れて食べると、とても香りがよくなるんだ。この木の部分はすりこぎにもなるんだよ」

けん太が指でサンショウの木に触ると、針にさされたような痛みを感じました。

「このつる草はカズラ。カズラのつるの根っこから取った食べ物はクズともいうんだ。けん太がおなかをこわしたとき、お母さんが作ってくれるあまいクズ湯も、おばあさんが作ってくれるクズもちもカズラの根からとったものなんだ。このカズラのつるはとっても丈夫で、木と竹をくくって柵を作ったり、かんたんな小屋をつくるのにも使うし、ひもの代わりにもなるし、いろんな使い道がある。カズラでつくったかずら橋だってあるんだよ」

草や木にぐるぐるからまっている、日本全国どこにでもある、こんなへんてこりんな長いつる草から、あんなにおいしいクズもちができたり、かずら橋までできるなんて不思議だと思いました。

「この草はヨモギ。ヨモギを入れた草ダンゴや草もちは、けん太の大好物だろう。天ぷらにしてもおいしい。そして、このヨモギはケガをしたときにも使うんだ。このヨモギのやわらかいところをつんで、手のひらのなかに入れて、両手で、このようにしてもんでやると汁が出てくるだろう。その汁を傷口につけてやると消毒にもなるし、傷薬にもなるんだ。けん太、このヨモギをもんでみな」

いろんな思い出のいっぱいあるお父さんを思い出すたびに悲しくなり、けん太の目からなみだがあふれ出すのでした。お母さんは、けん太がいつまでも悲しんでばかりいたら、天国のお父さんも悲しくなって、いつまでも極楽往生できないといって泣きました。でも、けん太は知っています。そんなことをいうお母さんのほうが、けん太より、もっともっと泣いていることを。

三

お母さんとふたりで泣いた日、千年桜のある広場に行くと、知らないおじいさんがひとりで丸太のイスに座っていました。

「こんにちはぁ……」

けん太は、さっきまで泣いていたことをさとられないように、むりやり元気を出して、大きな声であいさつをしたのに、おじいさんは返事もしてくれませんでした。そばに近づいて、おじいさんの顔をよく見たとたん、けん太は、目ん玉が飛び出すほど驚きました。

「ウワァァァ！」

けん太は思わず驚きの声をあげ、びっくりまなこで、あらためるように、おじいさんの顔を穴のあくほど見つめました。

驚いたのは、おじいさんの顔が、亡くなったばかりのお父さんの顔にそっくりだったのです。日に焼けたおじいさんの黒い顔には、しわがいっぱいあり、はげあがった頭のうしろのほうに白くなった髪がかすかに残っているだけでした。それでもおじいさんの顔かたちは、お父さんにそっくりだったのです。

けん太は、お父さんによく似たおじいさんの顔を見たとたん、自分の体のなかから泣き虫が逃げ出し、どこからともなく元気のもとがわき出してきたのでした。

でも、おじいさんの日に焼けた顔の表情は、峠に座っている、石のお地蔵さんと同じで、少しも動きませんでした。おじいさんの黒いしわだらけの顔のなかにある少しも動かない目は、どこを見ているふうもないけど、お日様があたってキラキラと光って流れている川のほうでした。

けん太は、おじいさんのそばで、小さなスコップで穴を掘ったり、赤トンボを追っかけたりして遊びましたが、それでもおじいさんは少しもけん太を見ようともしませんでした。

いつしか谷間の小さな村に、すきとおった秋の夕日がしずみはじめました。紅葉と夕焼けが重なりあい、山はだは真っ赤になって燃えながら上り、川面はそれを映し真っ赤になって燃えながら下ります。千年桜の赤く色づいたきれいな葉っぱも、夕日といっしょになって、おじいさんとけん太の上に、ひらひらとしずかな音を立てながら降りかかっています。

次の日も、その次の日も、おじいさんはきのうと同じところに座っていました。けん太は、何もしゃべらないおじいさんに、しきりに話しかけました。

「おじいさん、どうしてしゃべらないの？　お耳が聞こえないの？」

いくらけん太が話しかけても、おじいさんはおしだまったままでした。それから何日たっても、おじいさんの顔の表情は少しも変わりません。何を聞いても、何の返事もありませんでした。

はじめのうちは、言葉もしゃべらない、顔にはなんの表情もないおじいさんを、けん太は、気持ちの悪いおじいさんだと思っていましたが、お父さんの顔とそっくりな顔を見ているうちに、そんな考えはすぐにふきとんでしまいました。

今では、おじいさんがけん太のそばにいるだけで満足です。そんなある日、けん太は風邪をひいて、三日ばかり千年桜に行きませんでした。

けん太の看病をしながら、お母さんは、おじいさんの話をしてくれました。

おじいさんは、元船乗りで、船乗りをやめたあと、おばあさんとふたりで一人娘の嫁いでいる街で暮らしていたそうです。そのおばあさんが、三年前に亡くなってからのことです。おじいさんはおばあさんが亡くなったショックで言葉を忘れてしまったのでした。それに、かるい健忘症にもかかっているそうです。そのちりょうのために、おじいさんの生まれ育った、この村に、娘さんといっしょに帰ってきたのでした。

けん太は、おじいさんはとってもかわいそうな人だと思いました。

けん太は風邪が治ると、四日ぶりに千年桜に行きました。おじいさんはいつもの場所に座っています。

「おじいさん、こんにちはぁ」

けん太が大きな声であいさつすると、おじいさんはふり向いて、かすかにほほ笑んでくれました。

そんなことははじめてだったので、けん太はうれしくなり、またいろんなことを話しかけました。返事はありませんでしたが、返事のかわりにおじいさんは、うなずいたり、両手でいろんなしぐさをしたり、声を出さずに笑ってくれるようになりました。それからは、会うたびにおじいさんの顔色はよくなり、とっても表情が豊かになっていきました。

おじいさんが弁当をもってくるようになり、けん太といっしょに食べるようになったのは、そのあくる日からのことでした。ミカンがあり、あまい卵焼きや、ちくわの中にキュウリが入っていたのは、おじいさんの娘さんが、けん太のために入れておいてくれたものでした。

谷間の小さな村に、いつしか秋が去り、寒い冬が過ぎていきました。やわらかい風と光のなかで、ツクシやフキノトウが土から顔を出し、千年桜のかたいつぼみもふくらみはじめました。まわりの野原では、ちらほらと花が咲きはじめた日のことでした。いつものように、おじいさんのもってきた弁当をふたりで食べたあと、けん太は、川岸の急な坂に生えているツクシをとっているときのことでした。にぎっていた草がちぎれてしまい、けん太はころがりながらまっさかさまになって川に落ちてしまったのです。

千年桜の下で、川に落ちて流されていくけん太を見ていたおじいさんは、

「ウワァアアアアアアア……」

言葉にならない大きな声を出して、もうぜんと川に向かって走りだし、服を着たまま川に飛びこんだのです。しばらくすると、落ちたところよりはるか川下の水のなかから、おじいさんに抱かれたけん太の姿がありました。

おじいさんは、川の深いところからけん太を抱いて立ち上がると、しっかりとした足取りで、ぐったりとしているけん太を川原に運び寝かせると、必死の形相で人工呼吸をはじめ、大声で叫びました。

「けけけ、けん太ぁ、けん太ぁ、これ、けん太よ、しっかりせい」

しばらくすると、けん太は口から、おびただしい水と、さっき食べたばかりの弁当を、ぜんぶ吐き出していました。

「ゲホー、ゲホー、ゲホー」

けん太は苦しそうにせきこみながら、おぼれていたときの、気色の悪い川のなかの水の音と、水底のほうから見えた太陽が、ゆらゆらとゆれて白く光る水面の恐ろしい光景を思い出しながら、なみだと、大きな泣き声といっしょになって、おじいさんにしがみついたのでした。

何日か寝ついたあと、けん太は桜の木の下へ行ってみましたが、いつまで待ってもおじいさんは現れませんでした。次の日も、その次の日も、そのまた次の日も、おじいさんは姿を見せませんでした。

おじいさんは街に帰ったのでしょうか？　それとも、病気が重くなって入院でもしているのでしょうか？　けん太は、心配で心配でたまりませんでした。お母さんに聞いても、困ったような顔をするばかりで、何も教えてくれません。けん太は、おじいさんやおばあさんにも聞いてみましたが、ふたりともお母さんと同じように、困ったような顔をするばかりです。けん太は、おじいさんのことを考えると切なくて胸のおくのほうが痛くてたまりませんでした。

四

それから何年かたち、けん太も今は小学校の三年生です。

桜に花が咲くときも、葉がしげって木かげが暗くなる季節にも、けん太は千年桜のそばに行って、そのこけむした太いこぶのある幹によりかかり、おじいさんのことを思いながら川の流れをながめます。

すると、こけむした幹のなかから、かならず声が聞こえてくるのです。

「けん太よう、けん太よう……」

気のせいなんかじゃありません。おじいさんの声を聞いたという村の人は、何人もいました。けん太のおばあちゃんもそのなかのひとりです。不思議なことに、その声を聞いたのは、花を咲かせたり、草木のめんどうをみるのが好きな人や、弱い動物や、傷ついた動物たちを助けてやるような、心のやさしい人たちばかりでした。

風（かぜ）とオニユリ

山の雪がとけはじめています。

冷たい風のしっぽにくっついていた春の風は、山の土をタントントン、タントントン、タントントン、とやさしくたたいています。

土のなかで眠っていた、小さくて、黒くて、丸いかたちをした、かわいいムカゴはオニユリの赤ちゃんです。

オニユリのお母さんは夏になると、オレンジ色に、黒いてんてんもようのある、ラッパのようなかたちをした美しい花を咲かせます。オニユリの青い葉っぱのねもとには、葉っぱの数だけ、ムカゴの赤ちゃんがすくすくと育っていました。

夏の終わりのころになると、オニユリのお母さんと、ムカゴの親子は、季節のさだめのとおり、親ばなれ、子ばなれをしなくてはなりませんでした。ムカゴは、いつまでもお母さんといっしょに暮らしたいと思っていましたが、季節のさだめにさからうことはできません。泣きながら、お母さんのふところから飛び出したのでした。

　ムカゴの赤ちゃんは、しばらく土の上をころがっていましたが、いつしか、あたたかくて、気持ちのよい土のなかのベッドにもぐりこみ、ぐっすりと眠りこんでいました。そんなところを、いきなり風に起こされたものだから、ムカゴは、とってもおかんむりです。土のなかで丸まって、何度も何度も、寝返りをうちながら、怒ったような、すねたような声で、風にもんくをいいました。

「うるさいわねぇ、もうちょっと、しずかにしてよ。眠いんだから……。お願い、もうちょっとだけでいいから寝かせて、お願いよ。春は、まだまだ先なんだから、ムニャムニャ……ムニャムニャムニャ……」

　土のなかで気持ちよさそうに、とろけるような睡魔におそわれているムカゴは、プンプン、カンカンです。

　それでも春の風は、タントントン、タントントン、タントントンと、土をたたきつづけました。

「わかりました、わかりましたよう。起きればいいんでしょう、起きれば……、フアァアア……、フアァァァ……、本当にねむいなぁぁぁ……。もっともっとねむりたいのになぁぁぁ……。ムニャムニャ……ムニャムニャムニャ……、しゅんみんあかつきをおぼえずは、人間だけのもんじゃありませんからね。そこんとこ、風さんも、覚えておいてくださいね」

ムカゴは、ぶつくさ文句をいいながら、風さんに八つ当たりをしています。

それでも、黒くて丸いムカゴのかたいからをやぶり、土をおしのけながら、みどり色の、ふた葉の小さなかわいい顔を土の上にのぞかせました。土の上に顔を出したムカゴさんは、もう、オニユリの赤ちゃんではありません。今日からは、オニユリさんでした。

芽を出してからのオニユリさんは、お日様がのぼるたびに、スクスク、モコモコ。雲が流れるたびに、スクスク、モコモコ。雨が降るたびに、スクスク、モコモコ。風が吹くたびにスクスク、モコモコと、日に日に、ぐんぐん、ぐんぐんぐんぐんとのびて大きくなっていきました。

初夏になるころには、背たけもずいぶんとのびていました。そしていつのまにか、

オニユリはお母さんになっていました。
うすみどり色のつつのような、ういういしい花のつぼみを、はにかむように下に向けています。もう、花が咲くのを待つばかりでした。その葉っぱのねもとには、この間までの自分のような、小さくて、黒くて、丸い、かわいいムカゴの赤ちゃんが、すくすくと育っていたのです。もうオニユリさんは、りっぱな大人です。お母さんになっていたのです。

太陽の光がますます強くなるころ、つぼみの色がオレンジ色に変わり、ラッパのような花を下から順番に咲かせはじめました。

そのころになるとオニユリさんにも、おおぜいのお友だちができました。最初になかよしになったのは、風さんをはじめとして、働きもののミツバチさんや、よちよち歩きのテントウ虫さん、それに踊りのうまいチョウチョウさんなどでした。

ミツバチさんは、とっても親切な働きものです。朝も早くから、ブーン、ブーン、とさわがしく飛んできてくれます。花粉をはこんでくれて、オニユリに受粉もしてくれるのです。

オニユリも働きもののミツバチさんに感謝の気持ちをこめて、花のなかのおくにしまっておいたあまいミツをあげました。

小さなテントウ虫さんは、もっと親切な働きものです。赤い羽根に、七つの黒い丸をつけた美しいテントウ虫さんは、オニユリの体のすみずみまで、よちよちと歩きまわりながら、オニユリの体に住みついている、大きらいなあぶら虫を食べてくれるのです。

チョウチョウさんは、いつも、おしとやかで、ゆうがで、とってもきれいです。ひらひらひらと羽根をしならせながら、ゆるやかに舞い踊ります。でも、見かけによらずちゃっかりしていて、オニユリの葉っぱの裏がわに、オニユリの知らない間に卵を産みつけているのです。

風さんは、せっかちで、おせっかいやきで、とっても踊りが大好きです。朝も、昼も、たとえ夜中であっても、オニユリのめいわくもかえりみず、踊ろう、踊ろうといってはダンスをせがみます。

オニユリもダンスはきらいじゃないけど、風さんは、ふだんはやさしくて、ワルツやブルースなどをかろやかに踊ってくれるのに、ときどきくるったように、はげしいタンゴや、ロックンロールなどの、乱暴なダンスを踊るから、オニユリはくたくたに疲れてしまいます。そんなはげしい踊りのあとは、葉っぱはちぎれ、花びらがもげたりして、オニユリの体のあっちこっちは、すり傷だらけになってしまいます。

夏が終わるころになると、オニユリさんの花は散ってしまいました。

オニユリに花がなくなると、ミツバチさんも、テントウ虫さんも、チョウチョウさんも、ばったりと寄りつかなくなってしまいました。来てくれたのは、すみわたった青い空を、まるで水すましのようにすいすいと泳ぎまわっていた赤トンボさんが、泳ぎつかれて、オニユリの体にとまってひと休みをしていったくらいなものでした。

秋がきて、冷たい風が吹くころになるとオニユリさんの葉っぱは枯れはじめ、体はぼろぼろにくずれてしまいました。

もう、あの、みずみずしいまでに光りかがやいていた、美しいオニユリさんの姿はどこにもありませんでした。友だちが来なくなったオニユリさんは、さみしくて、さみしくてたまりません。見る影もなく、すっかりみすぼらしくなってしまったオニユリさんは、風さんにたずねました。

「風さん、どうしてミツバチさんも、チョウチョウさんも、テントウ虫さんも、遊びに来てくれないのですか？　この間までは毎日のように遊びに来てくれていたのに、どうして……？　わたしはみんなといっしょに、もっともっと楽しくゆかいに遊びたかったのに……」

「オニユリさん、だれだって、いつまでも楽しく、いつまでも面白おかしく遊んでいたいのですよ。だけど、ミツバチさんにも、テントウ虫さんにも、チョウチョウさんにも、それぞれに家族があり、やらなければならない大切な仕事がたくさんあるのです。とっても大切な役目があるのですよ」

風はオニユリさんに、生きているものはみんな、やらなければならない、さだめられた大切な役目のあること、その仕事の大切さを話してあげました。

「ミツバチさんは、きびしい冬の寒さから家族を守るために、せっせと、いろんな花からあまいミツや、花粉をいっぱいとってきて、それでミツバチの巣をつくったり、ミツをいっぱいためて、子どもたちが飢えないように働いているのです。テントウ虫さんも、チョウチョウさんも、いっしょうけんめい働いて、卵をいっぱい産んで、美しい子どもを、強くてたくましい子孫を残す役目を果たしているのです」

「…………」

「オニユリさん、あなたもムカゴちゃんのお母さんとして、やらなければならないことがあります。それは、いつまでもムカゴちゃんを抱いていないで、お母さんの大切な義務として子ばなれをしなくてはなりません。さあ、ムカゴちゃんを土の上にふり落としてあげるのです」

「…………」

「あとは、オニユリさんも、ムカゴちゃんも土のなかで、ぐっすり、ゆっくり、よく眠り、力をいっぱいたくわえてください。また、冬がすぎて春になったら、今年よりも、もっともっとりっぱな芽を出して、もっともっと美しい花を咲かせ、もっともっと、たくましいムカゴちゃんを、産んで育てなければなりません。それが、これからやらなければならない、オニユリさんとムカゴちゃんたちの、大切な義務であり役目なのです」

風は、お母さんが子どもをやさしくさとすように、いたわりのあるやさしい言葉で、オニユリさんに、それぞれが、もって生まれた大切な役目があることをいい聞かせました。

「風は、生きとし生けるもの、みんなに目覚めるときを、その季節を教えてまわるのが大切な役目なのです。春になったら、またわたしが、あなたたちを起こしにいきますからね、安心しておやすみなさい」

オニユリさんは、やっとなっとくができたのか、ムカゴの赤ちゃんを自分の体からふるい落としました。

風は、枯れてしまったオニユリさんの亡骸に、冬枯れの野や、山や、川に、そのうえに積もった雪に、わけへだてなく風を吹きつけていきます。

ときには嵐となって、ゴォー……ゴォー……ゴォー……と、ときには吹雪になって、ピュウー……ピュウー……ピュウ……と、怪物の鳴くうなり声のような、すさまじい大きな鳴き声を出しながら吹き荒れています。

　風は年中無休です。

　晴れの日も、くもりの日も、寒い日も、暑い日も、一日の休みもなく、いろんな生き物たちに、目覚めるときと眠るときの順番を教えてまわっているのです。

「さあ、さあ、みんな自分の出番をまちがわないでね。夏は夏の、秋は秋の、冬は冬の、春は春の、それぞれに決まった出番があるのです。出番をまちがえて出てきてはいけませんよ。もし、出番をまちがえると、世のなかもくるってしまうのです。それに、あなたたちは選ばれて、せっかく季節のある美しい国に生まれたのですから、みんなによろこんでもらえるように、ほこりをもって、四季おりおりの個性をもって、独創性をもって、それぞれの美しい季節の姿かたちを見せてあげてください」

　風は、そんなことをいいながら、生きものたちのすむ、空に、海に、大地に、吹きわたりながら、旅をつづけているのでした。

小犬（こいぬ）のペロペロ

一

週末の、夜の十一時をすぎてしまっているというのに、今日も、まだお父さんは帰ってきません。

中学生になったばかりのお姉ちゃんは、六時ごろ、お母さんと竜太と三人で、テレビを見ながら夕ご飯を食べおわると、あいさつもせずに、さっさと二階にある自分の部屋に行ってしまいました。

離れにいる、おじいちゃんやおばあちゃんたちといっしょに夕ご飯を食べていたころは、テレビを見ないで家族みんなで食卓をかこんで、わいわいがやがや、にぎやかに、おしゃべりをしながら夕ご飯を食べていました。あのころは、この家にも笑い声がいっぱいあふれていました。

家族みんなでにぎやかに食べる料理はとてもおいしくて、夕ご飯が待ち遠しかったのに、このごろの、テレビを見ながら、お母さんとお姉ちゃんと竜太の三人だけで食べる夕ご飯は、あのころのようにおいしくありません。お母さんが作った同じ料理なのに、どうしてこんなにもちがうのだろう？　竜太には不思議でたまりません。夕ご飯のあとは、子どもたちはアイスクリームやココアを、大人はコーヒーやブランデーを飲みながら、その日あった出来事や、みんなでゲームをしたりトランプ遊びをしたり、たまには近所の人たちとカラオケで盛り上がっていたのです。あんなににぎやかだった居間も、今はとてもしずかです。テレビだけが別の世界の生き物のように出しゃばり、わがもの顔に、よくしゃべり、よくわめき、よく笑い、よく泣き、よくはしゃいでいます。

このごろ、お父さんの帰りがおそく、帰ってきたら、いつもお酒のにおいがします。休みの日もゴルフに出かけ遊んでくれないし、約束していた遊園地にも連れていってくれません。お姉ちゃんの口数も少なくなり、自分の部屋に閉じこもってばかり、あまり竜太と遊んでくれなくなりました。お姉ちゃんは反抗期なのだと思います。

夕ご飯を三人だけで食べるようになってから、お母さんは、よくため息をつくようになりました。

どうして、この家からにぎやかなおしゃべりと、明るい笑い声が逃げ出してしまったのだろう？　竜太は考えれば考えるほど悲しくなります。

きのうの夜中のことでした。竜太はオシッコがしたくなって、トイレのある一階に下りてきたときのことでした。とつぜん居間のほうから、ガチャーンと、何かがこわれるような音がして、お父さんとお母さんのいいあらそっているような大きな声が聞こえてきました。

竜太は、お父さんとお母さんの、いつもの声とはちがう、かん高い、怒鳴りあうおそろしい声に足がすくんでしまい、動けなくなって泣きだしてしまいました。竜太の泣き声を聞きつけたお父さんとお母さんはおどろいて飛んできました。

「ケンカなんかしないで！」

竜太は泣きながら叫んでいました。そのとき、竜太のパンツとパジャマがあたたかくなり、足もとから、へんなにおいのする湯気が立ちのぼってきました。竜太はオシッコをもらしてしまったのです。お父さんとお母さんは竜太に何度も何度もあやまり、風呂に連れていってシャワーで体を洗ってくれました。

二

竜太は動物が大好きです。

動物だったら、どんな動物でも好きですが、とくに犬が大好きです。竜太はテレビや新聞などで動物がいじめられたり、殺されたりする場面などを見ると、動物たちがかわいそうで、怒りと悲しみで頭のなかがいっぱいになり、夜、眠れなくなることだってあります。

だから竜太は、この世で一番きらいな人は、動物をいじめたり、殺したりする人です。

今日も学校からの帰り道、散歩している犬を見つけると、「こんにちはぁ。かわいいなぁ。かしこいなぁ」などといっては近より、犬の頭や背中やしっぽを、なでさせてもらったり、ときにはほおずりまでさせてもらいました。竜太は犬のそばにいると、とっても幸せな気分になれるのです。どんな犬でも、かわいくて、かわいくてたまりません。

でも、ときどき、竜太がなれなれしく近づきすぎると「ウゥゥゥー」となって、にらみつけられたり、キバをむいて怒られたりすることだってあります。

家に帰ってくると、竜太はお母さんに犬を飼ってほしいとたのみました。これまでにも何度も何度もたのんでいます。でもお母さんは、町を歩いていても犬が近づいてくると、まわり道をしたり、引き返してくるほど、見るのもいやなくらい、犬が大きらいなのです。

「お母さんはねえ、犬が苦手なの。お母さんが三歳くらいのころだったわ、かわいい犬の顔をなでてやろうとしただけなのに、いきなり手をかまれたことがあるの。この傷が、そのときにかまれた傷あとよ」

お母さんは竜太が犬を飼ってほしいとねだるたびに、この話をします。

お母さんは犬にかまれた傷あとが、まわりのはだの色とはちがって、ケロイドのようになって盛り上がっている右手を竜太に見せました。

「あのときはこわかったわ、本当にこわかったの。かまれた手から、真っ赤な血がいっぱい噴き出してきたのよ。いきなり小犬が鼻にシワをよせて、ウゥウゥーとうなって、キバをむいたの。あのおそろしい顔を今でも夢に見ることがあるくらいなの。それからは、小犬がしっぽをふって近よってきただけで、ぞくぞくっと身ぶるいがするし、鳥はだが立ってしまうのよ」

お母さんは、竜太に犬が好きになれないわけを、今日も今までとまったく同じ説明をするのです。でも竜太は少しもなっとくができませんでした。

竜太はお母さんから説得されても、なぜ、どうしてなんだろう？　どうしてお母さんは、あんなにかわいくて、かしこくて、とても素直で、心のやさしい犬のすばらしさが、なぜ？　どうして？　分からないのだろうとますます不思議に思うのでした。

その日の朝は、ふとんからはみ出している竜太の顔が、ひりひりと痛くなるような寒さでした。窓の外にあるケヤキの大木の小枝が風にゆすられて、窓ガラスをカサカサ、カサカサとかきむしっています。

竜太は「イチ、ニイ、サン」と、大きなかけ声を出してふとんをめくると、勢いよくベッドから飛び出しました。あたたかい竜太の全身を、いきなり冷たいものがつつみこんでしまいます。竜太は身ぶるいをしながら、手のひらで両腕をかかえ、寒そうに身をちぢこめながら窓に近づくと、カーテンを思いきり引いて窓ガラスを開けました。

すると、いきなり、ピューーウー、ピューーウーと、もうれつな音をたて、こな雪まじりの冷たい風が、カーテンを大きくあおりながら、まるで生き物のように部屋に飛びこんできて、寝ぼけまなこの竜太の顔にへばりつきました。

「うわっ〜。冷たぁーい。雪だぁー、雪だぁー」

竜太は雪が大好きです。

どんな景色でも魔法のように、絵の具のように塗り変えてしまう雪が大好きです。そして、雪が降るといつもよいことがあるのです。雪は竜太にとって、とっても縁起がよいのです。幸運の予言者なのです。

今日もきっとよいことがあるにちがいないと思いました。

苦手な算数で百点をとったのも、マンガの雑誌で懸賞が当たったのも、落とし物を交番にとどけたら、落とした人がとってもよろこんでくれたうえに、おこづかいまでもらったのも、みんな雪の降っている寒い日でした。

竜太が生まれた日も、雪がいっぱい降っていたそうです。

雪は本物の魔法使いです。

ふわっふわっと、灰色の雲のなかから真っ白な雪が舞い降りてくると、まわりの景色は少しずつ色を変えていきます。やがて、ほかの色はわずかになってしまい、純白のシルクの布を広げたような幻想的な美しい雪の国を作りあげていきます。そんな雪を、ただ、ぼぉーっと見ているだけで竜太の心はわくわくするのです。犬と遊んでいるときと同じくらい、とっても幸せな気分になれるのです。

お父さんに教えてもらったことがありました。

目の前に、両手でガラスの板をかざしていると、空から舞い降りてくる、わた菓子のようなやわらかい雪が、ガラスの板の上におしとやかに座ります。それを虫めがねでよく観察すると、いくつもの、細くて小さい氷の針がからまりあって、とってもおもしろい、不思議な形をした雪の姿が現れます。そのあと竜太が、ほお〜と口をとが

らせてあたたかい息を吹きかけてやると、雪は、ぐにゃ、ぐにゃ、ぐにゃと、身をよじりながら、まるで生き物のように動いて水になります。

三

竜太は、雪が降ったその日の朝、お母さんにたのんで早めに朝ご飯を食べました。いつもならお姉ちゃんといっしょに家を出て学校に行くのに、今日はひとりで早く出かけます。

きれいに積もっている新しい雪のうえに、竜太の長ぐつの足あとをいっぱいつけてまわらなければならない仕事があるからです。木の枝に、クリスマスツリーのように積もっている白い綿ぼうしのような雪を、ゆすって落としてやらなければならないからです。坂道をすべったり、雪だるまを作ってやらなければならないからです。雪が降ると、遊びながら学校に行かなければならないから、時間がいくらあってもたりないのです。雪が降ると、竜太はとってもいそがしいのです。

午後になっても雪は強く降りつづいています。授業が早く終わればいいのになあと思いながら、竜太は教室の窓の外ばかり、ちらちら見ながら、うわのそらで勉強をしていました。

学校から帰るころには、まわりの山も、町の家も、田んぼも畑も、見えないくらい吹雪いていました。雪はもう、長靴が半分くらいうまるほど積もっています。小さな雑木林の山があって、そこを大きくまがっている道路の前で、いっしょに帰っていた同級生たちと別れると、竜太はひとりになりました。雪がたえ間なく横なぐりに吹きつけ、風はますます強くなるばかりで、寒さもいちだんときびしさをましています。竜太は手ぶくろの中でかじかんでいる手に白い息をはきかけながら、かさをすぼめて風に立ち向かい、吹雪をおし返しながら歩きました。そのときでした。歩いている竜太のうしろのほうから真っ赤なスポーツカーが猛スピードで走ってきたのです。

キキキキキキキキィー……

吹雪で見通しがきかない急カーブを、真っ赤なスポーツカーはものすごい雪煙をあげながら、いやな急ブレーキの音を残して、竜太の体すれすれのところを通りすぎていきました。

「うわあぁー！　あぶないなぁ、もう。雪がこんなに積もっているというのに、あんなにスピードを出して」

　スポーツカーの風圧にはじかれ、竜太はしりもちをつきそうになりながら、思わず声を出していました。

　キャーン。

　そのとき、犬の短い悲鳴のような声が聞こえてきたのです。竜太の体がいっしゅん凍りつきました。犬がひかれてしまったのだと、竜太はとっさに感じました。竜太は犬の悲鳴のしたほうに向かって走りました。

　すると、大きく角をまがりきったところの道ばたに、雪を赤く染めて、小犬が血だらけになって立っていました。よく見ると、小犬の左前足が折れてぶらぶらになっていました。ぶらぶらになっている小犬の足からは、真っ赤な血が噴き出してポタポタと雪の上に流れ落ちています。

「うぁぁぁぁー」

竜太は驚いてあとずさりしました。小犬はうめくような弱々しい声で鳴くと、雪の上にくずれるようにたおれました。息は荒く、胸は激しく上下しています。竜太はかさをその場に投げすてると、小犬のそばにかけよりましたが、おそろしさのあまり体がふるえかたまって動けませんでした。

しばらくは、ぼうぜんとしていましたが、われに返ると、ぶるぶるふるえる手でポケットから白いハンカチを取り出し、小犬の左足の根もとのほうを強くしばりました。みるみるうちに白いハンカチは真っ赤に染まります。竜太はふるえながら血だらけになっている小犬を抱きかかえると、家に向かって一目散に走りだしました。

竜太はわんわん声を出して泣きながら走りました。ぶるぶるふるえながら走りました。ぐったりとしている小犬をはげましながら必死になって走りました。

「がんばれ、がんばれ、がんばって。お願いだから死なないで、がんばって」

小犬の痛々しさに、竜太の心は乱れんばかりに泣き叫んでいました。竜太の目からつぎつぎになみだがあふれだします。竜太はふるえながら走りました。泣き叫びながら走りつづけました。

（神様、お願いです。どうか、この、かわいそうな小犬を助けてやってください）

家についても、竜太の体のふるえはとまりませんでした。

竜太は玄関に雪だらけのまま飛びこむと、お母さんに、ありったけの大声で叫びました。

「お母ぁーさぁーん、お母ぁーさぁーん、お母ぁーさぁーん助けてぇー。お願い、早く助けてぇー。血が、血が、血がいっぱい噴き出しているんだ。早くしないと小犬が死んじゃいそうなんだ。お母ぁーさぁーん、早く、早く、早く助けてぇー。早くしないと小犬が死んじゃうよー」

竜太は玄関で泣きじゃくりながら、必死の形相でお母さんに助けをもとめました。

お母さんは、何事が起こったのかと、包丁を手にもったまま台所から玄関に飛び出してきました。

血だらけになっている小犬を抱いた竜太を見たお母さんの体は、いっしゅん凍りついたように動きがなくなりました。

「お母さん、小犬が、小犬が死んじゃいそうなの。助けて、ねえ、お母さんお願いだから。早くこの小犬を助けてやってぇ」

竜太の顔は吐き出す白い熱い息と、ふるえる声と、なみだと、鼻水でぐちゃぐちゃになっていいます。お母さんはそんな竜太を見て、ちょっとの間ためらい、石のようにかたまっていいましたが、われに返ると、竜太にいいました。

「竜太、その小犬を連れてついておいで」

とひとことだけいうと、何もきかずにガレージに向かって走りだしました。

お母さんが運転する自動車に乗って動物病院に着くと、お母さんは大きな声で、診察を待っている人たちに必死でたのみました。

「すみません、すみません。小犬が死にそうなんです。すみません、悪いけど順番をゆずってください。お願いします」

といいながらも、その手は早くも診察室のドアをかってに開けて、お母さんは中に入っていました。

お母さんのとつぜんの乱入に、診察をしてもらっていた犬ばかりか、飼いぬしも先生も看護師さんたちもあぜんとした顔で驚いています。

「すみません、先生。小犬が死にそうなんです。どうか助けてやってください。お願いします」

竜太は、こんなに激しいお母さんを見たのははじめてでした。お母さんがとってもたのもしく感じられました。

すぐに小犬の手術がはじまりました。竜太は心のなかで必死に祈りました。

「どうかお願いです、神様どうか、この、かわいそうな小犬を助けてやってください。もし、この小犬を助けてもらえるのなら、きらいなピーマンも食べるし、庭のそうじもするし、これからも生き物の命は大切に、何でも大切にします」

竜太は、血だらけになっている服と手でお母さんにしがみつきながらぶるぶるふるえています。そんな竜太を、お母さんはやさしく強く抱きしめてくれました。

小犬のはかない命をきざむかのような時計の小さな音が、コチ、コチ、コチ、コチ、コチと、待合室にひびきわたります。せっぱつまった時間が、とても長く感じられました。不思議な、不思議な時間と、命をきざむ音に、竜太の小さな胸はせつなく、きりきり、きりきり、とはげしく痛みつづけました。

四

そんな竜太の必死の願いが、神様にとどいたのでしょうか、小犬は助かったのでした。けれども、小犬の左前足は、もう元通りにはもどりませんでした。その日から、お母さんと、竜太と、お姉ちゃんは毎日のように、小犬の見舞いに動物病院へ通いました。しばらくするとお父さんも来るようになりました。

そこには、いろんな種類の犬がいっぱいいました。

小犬を連れて動物病院に飛びこんだときは無我夢中だったので、おそろしくはなかったお母さんでしたが、落ちついてまわりを見わたすと、お母さんの大きらいな犬ばかりでした。そのことに急に気がついてきたお母さんは、それまでとはちがって、落ちつかなそうに体をこわばらせていました。

小犬が入院して二日目のことでした。ホウタイをうでにまかれ犬用のカゴのベッドにいる小犬を、お母さんは言葉もかけずに穴のあくほど見つめています。小犬もお母さんを、首をかしげながら、つぶらな瞳で見つめ返しています。

すると小犬がにじりより、お母さんの犬にかまれたことのあるあの人差し指の傷あとを、ペロペロとなめたのです。

竜太は、うわー、これはやばいことになったぞと思いました。お母さんは悲鳴をあげるか？　それとも、手を引っこめるのではないかと思ったのに、お母さんの手は、ほんの少し、ぴくっと動いただけで、小犬がなめるがままにまかせていました。でも手術のあと、ねむりからさめた小犬が一番先になめたのは、竜太の指でした。

小犬の舌は、とてもやわらかくて、あたたかくて、くすぐったくて、竜太は「くすぐったーい」と思わず声をだしてしまいました。

小犬はそんなふうにだれにでも、かわいい、ピンク色の小さな舌で、ペロペロ、ペロペロと、よくなめるから、竜太は小犬に、ペロペロという名前をつけたのでした。

犬が大きらいだったお母さんが小犬を飼うのを許してくれたのは、動物病院から家に小犬を連れて帰った、その日の夜のことです。

お姉ちゃんもいっしょでした。

「ありがとう竜太、お母さんはうれしいよ。竜太がやさしい子どもに育ってくれたから、お母さんまでやさしくなれたのよ。いつまでも、そのやさしさを忘れないでね、竜太。それから、ペロペロを飼うということは、これからは、ペロペロが、うちの家族の一員になることなの。犬は人間の言葉が話せないから、痛いとも、おなかがすいたともいえないの。だから、いつも犬の気持ちになって大切に世話をしてあげようね。これからたとえどんなことがあっても最後まで、家族の一員として家族みんなでペロペロを守ってあげようね」

お母さんは竜太をやさしく見つめながらいいました。その日のお母さんは、とってもやさしく、とってもきれいでした。竜太はぼくが大人になったら、お母さんのような人をお嫁さんにしたいと思いました。

お姉ちゃんがからかいぎみに、

「竜太はやさしくて、わたしのかわいい弟だからキスしてあげる」

「やめろよ、このババア」

「いったなぁ、この野郎」

「やめなさい。みっともない。ペロペロが笑っているわよ」

「犬は笑わないよ、お母さん」

「竜太にはじょうだんが通じないんだから。赤ちゃんのとき、あんなにたくさんキスしてあげたのに」

「うわっ、気持ち悪い、おぇー、おぇー、おぇーっ……」

竜太はお姉ちゃんに、思いっ切りおしりをたたかれたのでした。

五

動物病院を退院して、家に帰ってきたペロペロは、いち早く家族みんなの人気ものになってしまいました。犬が大好きなお父さんやお姉ちゃんはもとより、おじいちゃんやおばあちゃんも、よく来るようになり、みんなといっしょになってペロペロの取り合いっこをしています。

この家に、いぜんのようなさわがしすぎるくらいの、にぎやかさがもどり、明るい笑い声も帰ってきたようです。それは、天使のようにむじゃきな小犬のペロペロのおかげでした。

それにしても、家族みんなが一番驚いたのは、大の犬ぎらいだったはずのお母さんが、「ペロペロおいで、ペロペロおいで」といっては、ペロペロをひとりじめにして抱きたがることでした。

竜太が学校から帰ってくると、お母さんはペロペロを抱っこして、気持ちよさそうに、ソファーでいっしょに昼寝をしていることさえありました。今まで家族のみんながお母さんを気づかって犬を飼わなかったのに、お母さんの犬ぎらいは、いったいなんだったのでしょう？　そんなにかんたんに、犬ぎらいの人が犬好きに変われるものなのでしょうか？

竜太も、家族のみんなも、お母さんの心がわりを不思議がっています。今では、みんなが、迷惑するくらい、お母さんはペロペロに夢中です。

ペロペロは、お風呂が好きではありません。「ペロペロお風呂に入ろう」といっただけで、ペロペロはしっぽをまいて素早く逃げ出してしまい、小さくなって机の下や物かげにかくれてしまいます。

つかまえて風呂場に連れていくと、風呂に入る前から緊張してしまい、体が石のように、こちこちに固まってしまいます。

ペロペロを風呂に入れるのは、お姉ちゃんと竜太の役目です。ふたりが裸になり、湯船に入ってあたたまりながらペロペロを観察していると、ペロペロは、いつものやんちゃな、ペロペロとは大ちがいで、おろおろして少しも落ちつきがありません。ペロペロは、下からうす目をあけてふたりをうかがいながらも助けをもとめるような顔をしています。ペロペロが、そんな情けない顔をしていても、お姉ちゃんも竜太もようしゃしませんでした。

ふたりが湯船から湯気を立てながら洗い場に下りると、ペロペロは、鬼にでも見つけられたように、目をそらし、しゃがみこんでしまいました。それでもふたりはようしゃしません。竜太がペロペロの体をおさえつけて動かないようにしてから、お姉ちゃんが犬用のシャンプーをふりかけ、ていねいに洗います。

お姉ちゃんが洗っていると、竜太がおさえている胸のあたりからドキドキと、ペロペロの胸の鼓動が、大きく早鐘を打つように伝わってきます。

「お姉ちゃん、ペロペロの心臓が破れて壊れそうなくらいドキドキしているよ。大丈夫なのかなぁ？」

お姉ちゃんは、竜太の手をどけさせ、自分の手をペロペロの胸にあてました。

「あっ！　本当だ。すごい速さで心臓が波打っている。ペロペロ大丈夫なのよ、心配しないでね。ペロペロの体を洗って、きれい、きれいにしているだけなんだから、こわがらないでね、ペロペロ」

お姉ちゃんはやさしく話しかけながら、水道の蛇口をひねって冷たい水を出すと、自分の両手を、おわんのかたちにして、水を入れ、ペロペロの口に近づけると、ペロペロは必死の形相のまま、かわいい舌でペチャペチャと音を鳴らしながら飲みました。

ペロペロの胸に手をあてると、さっきよりは少しましになったけど、心臓はまだまだ、速くてドキドキしています。お姉ちゃんが、

「竜太しっかりおさえていて。大丈夫だよ、ペロペロ、大丈夫だよ、ペロペロ。ペロ

ペロの体を、きれい、きれいしているだけなんだからね」

お姉ちゃんはさらにやさしく話しかけながら、かたまっているペロペロの頭も、顔も、体も、しっぽも、手も足も、すみずみまでていねいに洗ってしまいました。

お姉ちゃんも竜太も、のぼせてしまうくらい長い時間をかけて、ペロペロをピカピカにみがきあげました。体を洗ってやったあと、ぬれた毛をバスタオルとドライヤーでかわかし、ブラシをかけるのはお母さんの役目です。

ペロペロは三本の足でトコトン、トコトン、トコトン、とかろやかに家のなかを走りまわり、庭を飛んだり、はねたり、ずっこけてころんだりしています。ときには、スリッパやクツをくわえて、とんでもないところにもっていったり、いたずらをいっぱいしながら元気よく走りまわっています。

ペロペロの足は三本になってしまったけど、ペロペロは不自由だとも、つらいとも、悲しいとも思っていませんでした。この家には、あたたかいぬくもりがいっぱいあふれているから、ペロペロは家族のみんなに愛されていることを、自分の体でひしひしと感じることができるのです。ペロペロは、それがうれしくて、うれしくて、そのうれしさを体のすべてをつかってあらわしているのでした。

好奇心おうせいな、ペロペロのよく光る、いたずらっぽい大きな瞳は、つぎつぎと、いろんなえものを見つけては戦いをいどんでいるのでした。ペロペロは家族に恩返しとばかりに、いっしょに住む家族のみんなに、あどけなさや、生き物どうしのぬくもりを、そして、やさしさと、いちずさを、そのかわいさと、むじゃきなしぐさのなかから、人間たちに教えてくれているのでした。

ペロペロは見知らぬ人でも、たとえドロボウであっても、いかつい大きな犬であっても、いつも親しみをこめて、しっぽをちぎれんばかりにふりまわしながら近づいていきます。あなたに敵意などありません。あらそいなどしたくありません。ただ、あなたと仲良くしたいだけですとばかりに、自分の体をひっくり返して、そのやわらかい、とてもきれいなピンク色のおなかを見せてあげるのでした。そして、だれに抱かれても顔や手をペロペロ、ペロペロとなめまくるのです。

ペロペロは、いつもしっぽを、ふりふり、かわいいおしりを、ふりふり、つぶらな瞳で人を見つめます。必死で人のいっていることをわかろうと努力しています。少しでもみんなの役に立ちたいと思っているのです。

ペロペロの大きな瞳は、山おくの、清らかな湖のように美しくすんでいます。その瞳が、かたくなに氷ついていた竜太の家族の、それぞれの心に、やさしさと、あたたかい風でとかしてくれたのです。ペロペロは、いつしか知らない間に、わが家の天使になっていました。

だけど、さすがのペロペロも、みんなが食事をするときだけは、天使のようなペロペロから一転して、ただのいやしんぼうの小犬にもどってしまうのでした。だれかが食べ物を落としたら、それはペロペロのものです。

そのおきては、ペロペロ自身が勝手に自分で決めてしまいました。ペロペロは、食べている人がいると、その横に行儀よくちょこんと座り、かわいらしいしぐさで、その人の顔と食べ物を、かわりばんこに、いちずな瞳で穴のあくほど見つめつづけます。おいしそうな食べ物を見つけたペロペロの瞳のなかは、おいしそうな食べ物でいっぱいになり、もう、そのほかのものは、そのなかには何も入りませんでした。

そんなときは、まわりのものが、どんな声をかけても、大きな声で呼んでも、ペロペロは見向きもしてくれません。ただ、ただ、いちずに、おいしそうな食べ物と、食べている人を、かわりばんこに見つめつづけます。それでも食べ物をくれないと、最後の手段とばかりに、ひざの上に座ったり、ひざに自分のあごをのせたりして、犬語で「ワン、ワワワン、早くちょうだい」といわんばかりにさいそくをします。

ペロペロの瞳と、そのあごの力に勝てる人は、わが家のなかにはだれひとりとしておりませんでした。人間の食べる物は犬の体に悪いからペロペロには食べさせてはいけないと、家族みんなで話し合っています。

それでも、ペロペロにかわいらしいしぐさで、いちずな瞳で見つめられた人は、食べさせてはいけないとわかってはいても、自分が食べている物を、ペロペロにやらなかったなら、なぜだかわからないけど、とてもうしろめたい、いやな気持ちになってしまうのはなぜなのでしょう?

まるで自分が、ペロペロをいじめているような、何か悪いことをしているような、そんな気持ちにさせられてしまうのは、いったいなぜなのでしょうか? 怒られても、しかられても、ペロペロの熱い視線と、あごでさいそくする、ふたつの強力な武器に勝てる人はひとりもいないのです。

ペロペロに見つめられていると、だれでも、そんな気持ちになってしまうのが不思議です。だから、みんな、ほかの人にわからないように、肉を、魚を、ハムを、サラダを、こっそりかくれてペロペロに食べさせてしまうのでした。

ペロペロに食べさせているところを見つけた人は、「ペロペロが病気になってもいいの？　ペロペロが早く死んでもいいの？……」などとおどかします。さも自分だけは、食べさせてはいないかのように人をせめるけど、でも、そんな人ほど、かくれてペロペロにいろんなものを食べさせているのです。

六

ペロペロがわが家に来てから、竜太の家族は大きく変わりました。

お母さんは大の犬ぎらいだったのに、以前がうそのように、今では犬が大好きになってしまいました。

お姉ちゃんも部屋に閉じこもらなくなったし、竜太に勉強も教えてくれるようになったし、竜太にちょっかいを出したり、いっしょに遊んでくれるから仲良しです。ふたりでペロペロを洗ってやるため、いっしょに風呂にも入るし、ついでに竜太も洗ってくれます。

お父さんは、今でもお酒のにおいがすることがあるけど、早く帰ってくるようになりました。ゴルフにも行かなくなったし、会社が休みの日には家にいます。遊園地にもつれて行ってくれたし、このごろは、山に行ったり、海に行ったり、家族みんなで過ごすことが多くなりました。もちろんペロペロもいっしょです。

それにしても、ペロペロには超能力でもあるのでしょうか。お父さんが家に帰って来る五分くらい前から、玄関に行って待っているのです。お父さんが帰ってきて、玄関のドアを開けると、ペロペロはうれしさをしっぽにこめて、ふりちぎれんばかりにふって飛んだりはねたり大さわぎしてむかえます。お父さんはそれがうれしくて、うれしくてたまりません。

でも、竜太が一番うれしかったのは、おたがいにそっぽを向いて、長い間、口もきかなかったお父さんとお母さんが、けんかをしなくなったことでした。どんな理由があるのか知らないけれど、竜太は、夫婦げんかばかりしているお父さんとお母さんを見るのが一番いやでした。

そんなお父さんやお母さんだったのに、このごろはペロペロを連れてふたりだけで散歩するようになったのです。この間なんか、おしゃべりをしながら手をつないで歩いているのを見てしまいました。

竜太は、お父さんとお母さんがじょうだんをいいあったり、ふざけあったりして仲良くしている姿を見るのがいちばん好きです。

しばらくしてから、お父さんはペロペロを連れてとなり町に行き、ペロペロの義足を作ってくれました。

まだまだ赤ちゃんのような小犬のペロペロが、トコトン、トコトン、トコトン、と足を引きずりながら、三本の足でむじゃきに走りまわっている姿は、とても痛々しくてたまりませんでした。でも、義足をつけて帰ってきてからのペロペロの歩き方は、少しだけ足は引きずってはいるものの、あまり目立たなくなり、とても歩きやすそうでした。竜太は、それがうれしくて、うれしくて、思わずお父さんに抱きついてしまいました。

もうすぐ三月だというのに、今日も雪が降っています。しずかな音を立てながら、しめった雪が降っています。

今日も竜太が家から勢いよく飛び出すと、ペロペロも負けずに、しっぽを、ふりふり、かわいいおしりをふりふり、竜太を追っかけていきます。ペロペロと竜太は、うっすらと積もった白い雪の上に、てんてんと黒い足あとを残しながら、じゃれあい、もつれあいながら、楽しそうな笑い声をあとに残して走っていきました。

三つの心

竜太が目をさますと、そこは、まぶしすぎるほどの白い光が、いっぱいに満ちあふれていました。足もとからは、白く光る霧のようなものが立ち込め、もくもくとわき出しています。

だけど、どこを見わたしても、山も、川も、海も、大地もなければ、木も、草も、花も、青空もありません。雲もなく、風もなく、昼もなければ、夜もなく、月も、星も、獣も、鳥も、虫一匹さえいないのです。

竜太の住んでいる家も、町も、いつも散歩している人も、歩いていた、その道路さえないのです。

お父さんやお母さんもいません。

お姉ちゃんも、おじいちゃんやおばあちゃんもいません。

かわいい小犬のペロペロも、大好きな愛ちゃんも、だれもいないのです。

いったい、みんなはどこに行ってしまったのでしょう。

あるのは、どこまでも、どこまでも、のっぺらぼうの白い霧のような、ふわふわとした地平線だけでした。

竜太は、だれもいないひとりぼっちのさみしさと、心細さに、悲しくなってしまい泣きだしてしまいました。

泣きじゃくっていると、とつぜん白い煙が立ちのぼり、そのなかから突然、ヒョロヒョロとやせた背の高いおじいさんが現れました。おじいさんは、ボロボロの黒い着物を着て、背たけよりも長い、こぶこぶのある長い木の杖をついて立っています。

おじいさんの頭のてっぺんは、つるつるにはげあがっていますが、両方の大きな耳のあたりからうしろにかけて真っ白い毛が残っていて、口のまわりの白いひげは胸のほうまで長くのびています。まゆ毛も太くて長く真っ白です。ぼろぼろの着物からは、一度も洗たくをしていないのでしょうか、へんなにおいもします。

竜太は、おじいさんにききました。「おじいさん、ここはいったいどこですか？」

「ここか、ここはのう。この世と、あの世のさかい目にある、光の国というところじゃ」

「光の国？　おじいさんは、いったいだれですか？」

「わしか、わしは神様じゃ」

「うそだぁい。神様は、そんなにおいのする汚い着物なんか着てるはずがないもん」

竜太は、なみだにぬれた瞳をぬぐいながら、この汚いおじいさんは、うそをいっているのだと思いました。

「人間は本当に困ったもんよのう。その人の真実の姿を見ようともせずに、美しいとか、汚いとか、醜いとか、くさいとか、太っているとか、やせているとか、目の前にぶら下がっているものだけで判断するんじゃけんのう。そんなことじゃから、人間にとって一番大切なものである、人の心の豊かさとか、人の命の尊さとか、人を思いやる気持ちとか、人をいたわるやさしさとか、わしがいくら与えてやろうとしても、人間はなかなか身につかん」

そういえば、お父さんもお母さんも、神様と同じようなことをいっていました。人を見かけだけで判断をしてはいけないよと……。そのことを思い出した竜太は、神様にあやまりました。

「ごめんなさい神様。ぼくは、今まで神様を見たことがなかったから、神様が、どんなかっこうをしているのかよく知りませんでした」

「おまえは、なかなか、素直な子どものようじゃのぉ」

神様は目を細めていいました。

「おじいさん……、いえ、神様は、ここで何をしているのですか？」

「わしか？　わしはのう、この光の国で、ここに来る人間たちと面接をしたり、その人の過去を調べて、あの世に送るべきか、それとも、この世にもどすべきかを判定する役目をしとるんじゃよ。それはそうと、竜太よ、まだ思い出せんか。おまえが、滝のそばにある大きなビワの木から落っこちたのを」

あっ！　そうだ、ぼくは、あのビワの木に登っていて足を滑らせて落っこちたんだった。竜太はやっと思い出しました。大好きな愛ちゃんが、同級生の周平君と仲良くするものだから、竜太は焼きもちを焼いてしまったのでした。

そのときでした。竜太の心のなかから、ひそやかにささやく、もう一人の竜太の声が聞こえてきたのです。

――竜太……。おまえがいるというのに、愛ちゃんは周平君と仲良くしているよ。許せないだろう。そうだよ、ぼくはとってもいやな気持ちになっているんだ。腹いせに愛ちゃんを困らせてやろうよ。

その声は、ふたりをねたんだ、竜太の怒りの声でした。竜太は、もうひとりの竜太の心の声にあやつられるように、愛ちゃんが大切にしているペンダントを、教室の机のなかから盗み出そうとしているのでした。

ペンダントは、愛ちゃんの大好きだったおばあちゃんの形見の品だったのです。その大切なペンダントがなくなったら、きっと、愛ちゃんは悲しむだろうと竜太は考えたのでした。

「愛ちゃんも、ぼくをいやな気持ちにさせたんだから、いい気味だ」

焼きもちを焼いている、竜太の悪い心はつぶやきました。そのペンダントを、ビワの実を取っているときに見つけた、ビワの木のこずえにある、大きなうろ（穴ぼこ）にかくそうと、ビワの木に登って、足をすべらせて落っこちたのでした。その秘密のうろには、竜太の宝物である、川でひろったむらさき色にかがやく美しい不思議な石もかくしてあるのです。

「思い出したか、竜太」

「はい、思い出しました神様。ぼくは死んだのですか？」

「今は死んでもいなければ、生きてもいない。それをこれから、わしが決めなければならんのじゃよ。おまえは、自分のやったことを、どう思っておる？　かくさずに正直にいってごらん」

「愛ちゃんには、悪いことをしたと思っています。……だけど神様、ぼくは、愛ちゃんのことが大好きなんです」

「おまえの気持ちは、わしにもよくわかる。だけどのう竜太よ。周平君をねたむ心が、愛ちゃんに焼きもちを焼く気持ちが、おまえに盗みをさせたり、夕立でぬれてすべりやすくなっていた、危ないビワの木に登らせてしまったのじゃ」

神様は、竜太の心のなかをのぞきこんで、悪い心を観察しながら話をしているみたいでした。

「焼きもちを焼くだけですむのなら、むしろ、ほほえましいくらいなもんじゃ。何も問題はない。しかし、焼きもちも度をこすと怒りに変わり、憎しみに変わり、だんだんと相手が許せなくなってくる。そうなんじゃよ竜太、焼きもちだけではすまんようになってしまうから、人の心は恐いのじゃよ」

神様の目がするどく光りました。

「竜太、これを見よ」

とつぜん目の前に、映画館の大きなスクリーンのようなものがあらわれて、映写機もないのに歩いている竜太の姿を大きく映し出していました。

その画面を見て竜太は驚きました。竜太のうしろにも、同じ竜太が三人もいて、横にならんで歩いているのです。本物の竜太と少しちがうのは、その三人の竜太の姿は、水の鏡に写った顔のように、ゆらゆらとゆがんでゆれているのです。

さらに、その三人の竜太にはそれぞれ色がついているのです。右がわの竜太は青色、左がわの竜太は赤色、真んなかの竜太は灰色でした。その灰色の竜太が、右手を前に水平に上げ、その指先からは、「ビビビビビビビビー………」と、かすかな音を立てながら、灰色の光線を竜太の頭に向けて放っているのです。三人の竜太の歩いている姿も少しへんです。

竜太が右がわの壁にそって歩いていると、驚いたことに、青色の竜太の体は半分くらい壁のなかにのめりこんで歩いているのです。左がわの赤色の竜太が溝ぞいに歩いていると、赤色の竜太は、ゆらゆらとゆれながら、溝の上に浮かんで歩いています。

「竜太よ、おまえのうしろにいる三人の竜太は、おまえの心のなかにおる、真実の心の姿なのじゃ。おまえと同じような顔をして歩いておるが、この世の人間には、だれにも見ることができないもので。この光の国だけでしか、人の心の姿は見ることができないのじゃよ。光の国では、人の心は三つの色になって、人のうしろにあらわれるから、だれも、自分の心をごまかして、人に伝えることなどできんようになっているのじゃよ」

神様は、色のついた三人の竜太を指さしながらつづけました。

「青色の竜太はよい心をもった竜太。赤色の竜太は悪い心をもった竜太。灰色の竜太は、ふつうの心をもった竜太なんじゃよ。人間であるかぎり、どんな偉大な英雄であろうと、たとえ清廉潔白な聖人君子であろうと、極悪人であろうと、ごく平凡な人であろうと、よい心だけの人など一人もいないし、悪い心だけの人もいない。どんな人であっても、三つの心をもって生まれてくるのが人間というものなんじゃ。その三つの心にも、大小さまざまな幅があり重さがあり、それが人間性となってあらわれてしまうのじゃよ」

　神様のいっていることが、そのままスクリーンに映っていました。

「しかし、わしが今、一番心配しているのはのう、今の世のなかは、赤色にあやつられつづけている人があまりにも多すぎるということなんじゃ。それも、自分さえよかったらそれでよいといった極悪の、悪い心をもった人が増えつづけているということにもなる。しかも世界中に急激に増えつづけておるから心配なんじゃよ。青色のよい心をもった人は、ただ、のそのそと、赤色の悪い心をもった人の、うしろをついてまわっているだけの、ただの人に成り下がってしまっておる。このままではだめだ。今の世のなかが、悪い人にあやつられ、うめつくされて滅んでしまうことになる。もっともっと、自分の心のなかで、青色の人が、いきいきと活やくできるような時代にしなければならんのじゃがのう」

その言葉をいったあと、神様は大きなため息をつきました。

「子どもの心に、青色の人を大きく育てられるのは、家族と、そのまわりにいる人たちだけなんじゃがのう。しかし今の世には、家族らしい家族が少なくなってしまった。たとえ人の子でも、悪いことをしたら怒ってやれる大人も少なくなってしまった。今の世は、自分の子どもでも、人の子どもでも、悪いことをしているのを見つけても、見て見ぬふりをする人があまりにも多すぎる。しつけどころか、怒ることさえできない大人に成り下がってしまっている。情けない隣人の大人と、情けない親たちばかりじゃ」

神様は、本当に情けないといった顔をして、まゆをひそめました。

「今、竜太を動かしているのは、灰色をしたふつうの竜太じゃ。朝起きて、ご飯を食べて学校へ行く。勉強をして、昼ご飯を食べて、昼休みが終わると、また勉強をして、家に帰る。おやつを食べ、宿題をしたり、遊んだりしている間に夕ご飯になり、家族みんなでテレビを見たり、話をしたりしているうちに眠くなって寝てしまう。そんな竜太の、ふだんの、ほとんどの時間を動かしているのは、灰色の竜太じゃ」
長い時間、立ちっぱなしで、灰色の光線を出しつづけるのだから、ふつうの竜太は疲れるだろうなぁと竜太自身は思いました。

「夜、竜太が眠っているときに、うなされたり、悪い夢を見ることがあるじゃろう。あれは、灰色の竜太が、ついうっかり疲れてしもうて、居眠りしている間に、悪い心の赤色の竜太が、自分の体にいたずらをするから、うなされたり、悪い夢を見てしまうのじゃよ」

ほとんどの時間を動かしているふつうの竜太が、居眠りをするのはしかたがないけど、悪い竜太が、なぜ自分の体にいたずらをして、悪い夢を自分の体に見せるのだろう？　竜太は、とても不思議に思いましたが、しかし、そこが、どうしても理解できない、人間の不思議なところだと神様はいいました。

神様でさえ、人間のすべてが理解できないばかりか、それをコントロールさえできないのかと、竜太は驚くのでした。

「楽しい夢を見ることもあるじゃろうが。あれも、ふつうの竜太が居眠りしているすきに、よい心の竜太が、たとえ少しの間でも、灰色のおまえをいたわってやるため、よい夢を見させているのじゃよ」

神様は、かしこまって聞いている竜太を見ながら、右手でスクリーンを指さすと、また画面が切り変わるのでした。

新たな画面は、給食を食べ終わったばかりの教室でした。竜太はスクリーンを見て、また驚きました。先生にも、愛ちゃんにも、同級生にも、すべての人に、青色の人、赤色の人、灰色の人がいるのです。その三つの心が、たがい違いに交差しながら入り混じって歩いているのです。

竜太のとなりにいる愛ちゃんの席に、周平君がやってきました。周平君はハンサムで、勉強がよくできて、だれにでもやさしいので、女の子にはとても人気があります。だけど竜太は、ずっと前から、愛ちゃんのことが大好きです。愛ちゃんも、竜太のことを大好きだといってくれました。だからふたりは、おたがいの家に、行ったり来たりして遊んでいる仲良しでした。周平君が愛ちゃんに話しかけています。

「愛ちゃんねえ。ぼくねぇ、きのうの日曜日、お父さんといっしょに、ホロホロ坂の原っぱに行ってきたんだ。そしたらね、とてもきれいなアゲハチョウがいたよ。ほかにもきれいなチョウチョウがいっぱいいたよ。愛ちゃん、今日、学校の帰りに行ってみない」

「うそぉー、ほんとぉ、周平君、本当にアゲハチョウがいたの？　行く行く、ぜったいに行く。うわぁ、うれしいなぁ」

愛ちゃんは、うれしさを幼い顔いっぱいに浮かべながらいいました。

愛ちゃんは昆虫採集が好きな女の子です。とくにチョウチョウが大好きです。家には、愛ちゃんがつかまえて標本にしたチョウ類がいっぱいありました。

愛ちゃんと周平君が放課後、ふたりっきりでホロホロ坂の原っぱに行くという話を、竜太はとなりの席で聞いていました。ふたりの話を聞いているうちに、竜太の心は、いっしょうけんめい走ったときのように、ドックン、ドックン、ドックンと、自分でもびっくりするくらい高鳴っていました。

その心臓の高鳴りに、とても言葉ではいいあらわせられない竜太の、つらくて悲しくて、不安に満ちたいらだたしい気持ちが、いっぱいになって広がり、小さな胸をキューンとしめつけはじめるのでした。そんな竜太のつらく悲しい気持ちが、いつの間にか、だんだんと変わってきて、周平君と仲良くする愛ちゃんが、とてもにくらしく思えてきたのでした。

すると、竜太のうしろにいた、三人の心の竜太の間で、はげしいあらそいがはじまったのです。

三つどもえのあらそいは、赤色の竜太が圧倒的な強さで勝ちました。勝った赤色の竜太は、青色の竜太と、灰色の竜太をつき飛ばして真ん中に入ると、赤い光線を竜太の頭目がけて放ちはじめたのでした。

ビビビビビビビー…………。

赤い光線をうけた竜太の顔は、みるみるうちに変わっていきました。竜太の顔から、おだやかな表情が消え去り、暗くしずんだ、険しい表情が顔にあらわれてきたのです。

その顔は、ふたりをねたんでいる、くやしそうな顔でした。とても暗い、とても悪い顔に変わってしまったのでした。

画面は変わり、みんなが遊びにいって、だれもいなくなってしまった昼休みの教室が映し出されています。

その教室のなかで、愛ちゃんの机の前に立っているのは竜太でした。暗くしずんだ、みにくい顔になってしまった竜太は、まわりを、落ちつきなく、きょろきょろとうかがいながら、愛ちゃんの机の引き出しを開けると、おくのほうの白い箱にしまってあったペンダントを取り出し、自分のポケットに入れてしまったのでした。

昼休みが終わり、勉強がはじまりましたが、愛ちゃんはペンダントが盗まれたことに、まだ気がついていませんでした。愛ちゃんの頭のなかは、学校が終わって、周平君といっしょにホロホロ坂に行って、大好きなアゲハチョウを追っかけている、自分の姿しかないようです。

また、パチッと音がして画面が変わり、竜太が学校からひとりで帰る場面でした。竜太のうしろからは、赤色の竜太が、赤い強い光線を放ちつづけています。竜太は、赤い光線にみちびかれるように、山道に入り、小さな滝をとおり、ビワの大木の前にあらわれました。そこでスニーカーと靴下を脱ぎ捨てると、そのビワの大木に登りはじめ、中ほどまで登ったところで、足をすべらせ落っこちたのでした。

不思議なことに、竜太がビワの木から落っこちるまでは、三人の心の竜太は、たしかにその場にいたはずなのに、こつぜんと消えていなくなってしまったのです。画面は、そこで終わっていました。

「竜太よ、悪い心にあやつられた、おまえの心の姿を自分の目で見て、どう思った？」

「いつものぼくではない、ちがうぼくを見ているような気がして、とてもいやな気持ちになりました。それに、画面で見るぼくの顔は、とても、みにくくて悪い顔をしています。ぼくのあんな顔は、もう二度と見たくありません」

竜太は目の前で、自分のみにくい、いやな姿を見せられてショックをうけていました。神様の顔も、まともに見ることができません。うなだれ下を向いて、足もとにただよう白いきりのようなものを見つめています。

「だれでもそうなんじゃよ、竜太。焼きもちを焼く心は、だれでもみにくいもんなんじゃよ。特別おまえだけがみにくいのじゃない。焼きもちを焼いたり、ねたんだり、人を憎む心が、人の悪口をいわせたり、人の心や、人の体を傷つけてしまうんじゃ。焼きもちや、にくしみは、本当は恐ろしいもんでのう。だから争いがおこる。戦争もその一つなんじゃよ。みんながおだやかに平和に暮らそうと思えば、どんなことがあっても、人をねたんだり、人をうらんだり、人をにくんだりしてはならんのじゃよ。その心が、いじめという、人間の、最も悪い、心の悪の子を産んでしまうのじゃよ」

竜太は自分のしたことのはずかしさに、この場から早く逃げ出したいと思いました。はずかしそうに、うつむいたままの竜太を、神様はしずかに見つめています。しばらく、ゆっくりと、竜太のくやみの時間が流れていきました。

「竜太よ、そう落ちこまんでもよいのだぞ。おまえは、悪いことばかりしていたわけじゃない。よいこともしているんじゃからのう。これを見よ」

スクリーンに、また新たな画面が映し出されました。

街を歩いていたおばあさんが、坂のある道路を横ぎっているホースに足を引っかけて、つんのめるようにたおれてしまいました。

おばあさんがたおれたひょうしに、買い物袋が投げ出され破れてしまい、ミカンやリンゴやバナナが道路に散らばってしまいました。ちょうどそこに通りかかった竜太が、遠くにころげ散らばっている果物をひろいあつめています。

その場面では、青色の竜太が中央にいて青い光線を放っていました。

たったそれだけなのに、おばあさんはとてもよろこんでくれて、竜太に大きなリンゴをひとつくれたのでした。そのときは、少しも気がつかなかったけれど、今、画面を見ると、とてもおばあさんがよろこんでいるのがよくわかりました。うれしそうな顔で、何度も、何度も竜太にお礼をいっています。

また画面が変わりました。

竜太の家の庭に、ときどきノラネコのゴン太が遊びにきます。

ゴン太という名前は、竜太がかってにつけた名前です。ゴン太と竜太は大の仲良しです。ゴン太が庭に遊びにくると、ミャーゴー……、ミャーゴー……、ミャーゴといって竜太を呼びだします。

その日も、竜太がおやつを食べ終わって、窓ガラスごしに庭を見ていると、ゴン太が来ていました。でも、いつもとはちょっとようすが変です。ゴン太は何かを口にくわえ、ふりまわしているのです。

竜太がそばにいってよく見ると、それは小さなネズミの子どもでした。ゴン太は、子ネズミを竜太に見せびらかすように、口にくわえた子ネズミを放り投げては、逃げようとすると、またすぐにつかまえ、くわえてはふりまわし、くわえては放り投げをくり返し、子ネズミを、もてあそんでいました。

「こらぁー、ゴン太、だめだよ。子ネズミをいじめちゃだめじゃないか。そんなひどいことをしたら、子ネズミが死んでしまうだろう……」

竜太が怒っても、ゴン太はやめようとしませんでした。また子ネズミをくわえようとしています。竜太はゴン太を抱き上げて、その間に子ネズミを逃がしてやりました。ゴン太は、なおも子ネズミを追っかけようとして、竜太のうでのなかで必死になってあばれました。竜太は、子ネズミが生け垣のすき間から、逃げだしていくのをたしかめてから、ゴン太を芝生の上に下ろしてやりました。

その場面でも、青色の竜太が中央から青い光線を放っていました。

ゴン太は、何をするんだよう、といったような顔をして、竜太をにらみつけて、ミャーゴ……、ミャーゴ……、ミャーゴといって怒りましたが、猫の習性を知らない竜太には少しも通じませんでした。たとえ、竜太が、その習性を知っていたとしても子ネズミを助けたことでしょう。

また画面が変わりました。

雪がちらほらする、とても寒い冬の夕暮れどきのことでした。

竜太は、お母さんにたのまれたお使いの帰り道、田んぼと畑にはさまれた道を歩いていると、近所のおじいちゃんが、道ばたにしゃがみこんで何かをさがしていました。

「おじいちゃん、そんなところで何をさがしているの？」

「おう……竜太か。このへんに家のカギを落としてしまってのう。さがしているところなんじゃが、うす暗くなってしもうて、よう見つけんのじゃ。カギがなかったら家のなかに入れんしのう、困っているんじゃ」

おじいちゃんは三年前に、おばあちゃんを病気で亡くしてしまって、今はひとりで暮らしています。子どもはいないし、おじいちゃんはひとりぼっちでした。

「おじいちゃん、ぼくもいっしょにさがしてあげる」

竜太は買い物袋を畑のへりに置くと、道ばたにしゃがみこんで、さがしはじめました。竜太とおじいちゃんは、あっちこっちを必死になってさがしましたが、なかなかカギは見つかりません。

まだ五時すぎだというのに、今は冬ですから、うす暗くなっています。もう、おじいちゃんの顔さえ、おぼろげにしか見えませんでした。でも、カギがないとおじいちゃんは家に入れません。竜太はどうしても、さがしだしてあげないといけないと思いました。

竜太も、おじいちゃんも必死になってさがしましたが、雪がちらつく日なのでまわりは暗くなるばかりでした。

それでも、青色の竜太は根気強く青色の光線を放ち続け、あきらめるようすがありませんでした。

「竜太よ、こんなに暗くなってしもうては、もう見つけられん。しかたがないから、カギを壊して家に入ることにしよう。竜太よ、ごくろうさんじゃったのう。ありがとうよ……」

そのときでした。竜太は、田んぼのあぜ道の枯れ草のなかに、にぶく光るものを見つけたのです。近よってたしかめると、まちがいなく家のカギでした。

「やったぁ、やったぁ、やったぁ……。家のカギが見つかったよぉ、おじいちゃん。カギがあったよぉ」

おじいちゃんと竜太は、手を取りあい小おどりして喜びあいました。まわりの家々には、もう、あたたかなオレンジ色の灯りがともりはじめていました。

「こうしてふり返って見ると、竜太は悪いこともしているが、よいことも、いろいろとしているのがよくわかる。いまでは竜太の家族の宝物のようになっている小犬のペロペロが、交通事故にあって死にかけていたのをいっしょけんめいになって助けてやったのも竜太じゃったしのう」

ぼろぼろの汚い着物を着た神様は、にこやかな笑顔で竜太にいいました。

「おまえは、もともと心のやさしい子どもなんじゃ。じゃがのう、竜太よ、そんなおまえでさえ、焼きもちを焼くことがある。焼きもちを焼いたり、人をにくんだりしても、よいことなど、何ひとつないんじゃぞ。それどころか、人を傷つけ、自分を傷つけ、本当の自分の気持ちまでねじ曲げてしまい、とんでもないことや、信じられないことをしでかしてしまうもんなんじゃ……」

神様は竜太の瞳を見つめながら、さとすようにいいました。

「人は限りなくやさしくもなれるし、それと同じくらい限りなく悪いやつにもなれる。このことをキモにめいじて、これからは、自分のことだけを考えずに、まわりの人たちのこともよく考え、人の気持ちになって行動するのじゃぞ。ええな、竜太」

「はい、神様、よくわかりました」

竜太は、自分がやったことのはずかしさを思い知らされ、消え入りそうな小さな声で神様にこたえました。

「竜太よ、神様の判定が出たぞ。おまえは、あの世へは行けぬことになった。この世にもどることに決まったぞ。この世にもどって、人にも、自分にも、やさしくして、せいいっぱい生きるがよい。さらばじゃ竜太よ、たっしゃで暮らせよ……」

「はい、神様……」

竜太はうれしいはずなのに、なぜかなみだがとまりませんでした。

そのときでした。神様がさっと、もっている長い杖の先を天に向けると、いきなり青い光線が放たれ、強い風が吹きはじめ、稲光のようなものが天空を走りまわり、とどろきとともに青い光がうずをまいて、竜太のまわりを、ぐるぐるぐると飛びまわりはじめたのです。

いつの間にか、神様の姿は消えうせていました。しばらくすると、その青い光のうずは、無数の光の矢となって、小さな竜太の体めがけて放たれたのです。

その青い光の矢は、まるで竜太の体のなかの汚れたものを清めるかのように、何度も何度も竜太の体をつらぬきました。まばゆすぎる光に、竜太は目を開けていられなくなり、歯をくいしばり、強く目を閉じていましたが、いつの間にか気を失っていました。


目をさますと、そこは竜太の大きらいな、消毒のにおいのする病院でした。

竜太が寝ているベッドのまわりには、お父さんもお母さんもいます。お姉ちゃんもいます。おじいちゃんもおばあちゃんもいました。それに、大好きな愛ちゃんもいました。愛ちゃんのお母さんも、みんな心配そうな顔をして、竜太をのぞきこんで見ています。

「りゅ、竜太ちゃん。め、目がさめてよかったわねぇ。竜太ちゃんは、あの、ビワの木から落っこちて、八日間も眠りつづけていたのよ。愛子はうれしい。学校の先生も、クラスのみんなも、小犬のペロペロちゃんも、竜太ちゃんが早く元気になって、帰ってくるのを待っているのよ。竜太ちゃん、早く元気になってね」

愛ちゃんは、大つぶのなみだを赤いほっぺに流しながらよろこんでくれました。その声はいつもの、やさしい愛ちゃんの声でした。

竜太は、大好きな愛ちゃんや、家族みんなが、竜太のそばにいてくれるのが、うれしくて、うれしくてたまりませんでした。

でも不思議なことに、さっきまでたしかに竜太のうしろにいたはずの、あの、青色のよい心の人も、灰色のふつうの心の人も、赤色の悪い心の人も、どこにも見あたりませんでした。


だれでもかならずもっている三つの心。

その心の姿は、この世では、あからさまに見えてはいけないのです。

三つの心は、人が人を信じるために、人が人を愛するために、人と人が仲良く共に生きるためには、決して人に見えてはならないのです。

あとがき

今、この地球の文明はゴム風船のように、パンパンに、はち切れんばかりに大きくふくらんで栄え、人々は、その恩恵を、くさいゲップが出るほどに享受しています。しかし、その輝ける文明の裏側では、一党独裁による民族弾圧、独裁者による迫害、ヒューマニズムを根本から否定する、自国ファーストと自己ファースト、宗教による対立などが見受けられます。それらにより大勢の人たちが理不尽な人権弾圧や、紛争や、戦争に巻き込まれ多くの難民となって路頭に迷い、虫けらのように傷つき、殺されています。

ただ漫然と、ただ漠然と、この母なる地球に対して何もしてこなかった私たち大人は、十七歳の少女グレタ・トゥーンベリさんに「あなたたちを決して許さない」と、激しい言葉で罵られ糾弾されなければならないほど、切羽詰まりのっぴきならなくなってしまった、この地球の温暖化と自然破壊に直面しています。それに比例するかのように存在する、おびただしい数の愛と憎しみ。そして怒りと哀しみ。その厄災は人によってもたらされたものであり、有史以来それが途絶えたことがありません。

とても貧しかった私たちの国、日本。

あれからいったいどれくらい経ったのでしょう？

近隣諸国に多大な迷惑をかけ、戦争にも負けてしまったのに、いつしか私たちの国は豊かになり、周りには食べ物があふれています。豪華なホテルや旅館では、贅沢三昧な料理が食べきれないで大量に捨てられ、私たちは飢えたことも忘れてしまい、飽食の国に生きています。

この世の中で一番大切なのは、かけがえのない家族です。家族は学校よりもはるかに大切な学び舎です。家族を思いやり、いたわりあう心こそが家族の絆です。地球もその大いなる家族の一つです。

この童話を、私たちの住んでいる奇跡の蒼い星といわれている、この壊れかけた地球を十字架のように背負い、これからの人生を生きなければならない子どもたちに、ぜひ読んでほしいと願っております。

そんなことを考えながら、この五編の童話を書いてから、もう、かれこれ十二年の歳月が過ぎ去ってしまいました。

この童話『ゴリラの王様』は、2008年1月15日に新風舎より出版の予定でしたが、出版予定日の一週間前の1月8日、出勤前の朝六時のNHKニュースで出版元の倒産を知りました。

それはショッキングな出来事でしたが、一つだけよいこともありました。それは、出版社の倉庫に完成した500冊の本が残っていたことです。私はわらにでもすがりつく思いで、なりふり構わず、友人や知人や同郷の人たち、故郷の地方自治体や図書館などに本の購入を依頼、その年のうちに完売することができたのです。

『ゴリラの王様』を読んでいただいた著名人の方たちからも、たくさんのお手紙をいただきました。

　長らく産経新聞の朝の詩の選者をされていた新川和江先生は「飽食の時代に育った現代の子供たちに是非読ませたい本です」と書いてくださり、ＮＨＫの大河ドラマ「太閤記」や「樅の木は残った」などの演出をなさった吉田直哉先生は「志の高い傑作の誕生を心から祝います」と書いてくださいました。

　こんなご高名な先生方に評価されたり、本の売れ行きがよかったことから、この本が予定どおり店頭に並んでいたなら、こんな本でも増刷は可能ではなかったのかと思ったりしたものです。

　それは見果てぬ夢、捕らぬ狸の皮算用かもしれませんが、そんな思いが今もなお忘れがたく、十二年ぶりに『ゴリラの王様』の再出版を決意したわけです。

　もう一つ幸運なことに「ひだかきょうこさんの絵もいいですね」と、吉田直哉先生も絶賛されていた『ゴリラの王様』の原画は、行方不明だと聞かされていましたが、パブリック・ブレインの代表であり編集長の山本和之氏のご努力により、ひだかきょうこさん自身がご自宅に大切に保管されていることがわかりました。

ひだかきょうこさん、すてきな絵を描いてくださりありがとうございます。

今回も、その原画を使わせていただくことになったのは本当に幸運なことでありがたいことでした。

最後に、私の拙い原稿を的確に、指導校正してくださった山本和之氏のご努力に、心より感謝申し上げます。

2020年3月

山本福敏

■著者プロフィール

山本福敏（やまもと・ふくとし）
1943年、愛媛県大洲市肱川町生まれ。2003年にバンドー化学株式会社定年退職後、野菜作りを始める。著書に『山本福敏詩集 風のまほろば』（日本図書刊行会、2000年）、『約束セピア色のノスタルジア』（健友館、2001年）、『桜の国』（新風舎、2003年）、『ゴリラの王様』（新風舎、2008年）、『ノスタルジア物語』（幻冬舎、2017年）。

改訂版　ゴリラの王様

2020年6月5日　初版発行

著者：山本福敏

絵：ひだかきょうこ

発行人：山本和之

発行所：パブリック・ブレイン
〒183-0033　東京都府中市分梅町3-15-13 2階
tel.042-306-7381
http://www.publicbrain.net

発売：星雲社（共同出版社・流通責任出版社）　東京都文京区水道1-3-30

印刷：モリモト印刷

ISBN978-4-434-27577-7　C8093